JUMP j BOOKS

ブラッククローバー
BLACK CLOVER

暴《ぼう》牛《ぎゅう》の書《しょ》

田畠裕基
yūki tabata
ジョニー音田
johnny onda

Characters

アスタ Asta

所属《しょぞく》：黒《くろ》の暴牛《ぼうぎゅう》　魔法属性《まほうぞくせい》：無《な》し(反《アンチ》魔法《まほう》)

魔力《まりょく》は無《な》いが、鍛《きた》え上《あ》げた肉体《にくたい》とガッツを武《ぶ》器《き》に魔法帝《まほうてい》を目指《めざ》す。

ノエル・シルヴァ Noelle Silva

所属《しょぞく》：黒《くろ》の暴牛《ぼうぎゅう》　魔法属性《まほうぞくせい》：水《みず》

王族《おうぞく》の娘《むすめ》。
生意気《なまいき》だが、優《やさ》しい一面《いちめん》も。

ヤミ・スケヒロ Yami Sukehiro

所属《しょぞく》：黒《くろ》の暴牛《ぼうぎゅう》
魔法属性《まほうぞくせい》：闇《やみ》

強面《こわもて》で気性《きしょう》が荒《あら》いが、団員《だんいん》からの人《じん》望《ぼう》は厚《あつ》い団長《だんちょう》。

マグナ・スウィング Magna Swing

所属《しょぞく》：黒《くろ》の暴牛《ぼうぎゅう》
魔法属性《まほうぞくせい》：炎《ほのお》

ヤンキー気質《きしつ》だが、男気《おとこぎ》がある。

チャーミー・パピットソン

Charmy Papittoson

所属《しょぞく》：黒《くろ》の暴牛《ぼうぎゅう》

魔法属性《まほうぞくせい》：綿《わた》

小柄《こがら》だが、めちゃくちゃ食《く》いしん坊《ぼう》。

ラック・ボルティア

Luck Voltia

所属《しょぞく》：黒《くろ》の暴牛《ぼうぎゅう》

魔法属性《まほうぞくせい》：雷《かみなり》

常《つね》に笑《え》みを絶《た》やさない戦闘狂《バトルマニア》で、性格《せいかく》に難《なん》あり。

フィンラル・ルーラケイス

Finraru Rurakeisu

所属《しょぞく》：黒《くろ》の暴牛《ぼうぎゅう》

魔法属性《まほうぞくせい》：空間《くうかん》

軟派《なんぱ》な性格《せいかく》で、任務《にんむ》に支障《ししょう》を来《きた》す程《ほど》の女好《おんなず》き。

バネッサ・エノテーカ

Vanessa Enoteca

所属《しょぞく》：黒《くろ》の暴牛《ぼうぎゅう》

魔法属性《まほうぞくせい》：糸《いと》

名家《めいか》を追放《ついほう》された魔女《まじょ》で、無類《むるい》の酒《さけ》と男好《おとこず》き。

グレイ(本名不詳《ほんみょうふしょう》)

Gray

所属《しょぞく》：黒《くろ》の暴牛《ぼうぎゅう》

魔法属性《まほうぞくせい》：変身《へんしん》

様々《さまざま》な人間《にんげん》に姿《すがた》を変《か》えられる。素顔《すがお》は不明《ふめい》。

ゴーシュ・アドレイ

Ghosh Adorei

所属《しょぞく》：黒《くろ》の暴牛《ぼうぎゅう》

魔法属性《まほうぞくせい》：鏡《かがみ》

元囚人《もとしゅうじん》で、妹《いもうと》を病的《びょうてき》に溺愛《できあい》するシスコン。

Story

魔法《まほう》がすべての、とある世界《せかい》──。最果《さいは》ての村《むら》・ハージの教会《きょうかい》に同《おな》じ日《ひ》に捨《す》てられていたアスタとユノは、互《たが》いに魔道士《まどうし》の頂点《ちょうてん》・魔法帝《まほうてい》になることを夢見《ゆめみ》て努力《どりょく》を重《かさ》ねる日々《ひび》を送《おく》っていた。

15歳《さい》になる年《とし》に、持《も》ち主《ぬし》の魔力《まりょく》を高《たか》める"魔導書《グリモワール》"を与《あた》えられた二人《ふたり》は、魔法帝直属《まほうていちょくぞく》の魔道士軍団《まどうしぐんだん》である、魔法騎士団《まほうきしだん》の入団試験《にゅうだんしけん》を受《う》ける。その結果《けっか》、九《ここの》つある軍団《ぐんだん》の中《なか》から魔力《まりょく》の強《つよ》いユノは、エリート集団《しゅうだん》『金色《こんじき》の夜明《よあ》け』、魔力《まりょく》が一切《いっさい》無《な》いアスタは、ならず者集団《ものしゅうだん》『黒《くろ》の暴牛《ぼうぎゅう》』に所属《しょぞく》することに。ついに二人《ふたり》は魔法帝《まほうてい》への第一歩《だいいっぽ》を踏《ふ》み出《だ》したのであった──。

「最低最悪《さいていさいあく》の魔法騎士団《まほうきしだん》」とも呼《よ》ばれる『黒《くろ》の暴牛《ぼうぎゅう》』の面々《めんめん》は、個性的《こせいてき》な魔法《まほう》と性格《せいかく》を持《も》つものばかり。

これは、アスタをはじめとする『黒《くろ》の暴牛《ぼうぎゅう》』団員《だんいん》の知《し》られざる戦《たたか》いを描《えが》く物語《ものがたり》である!!

CONTENTS

BLACK✿CLOVER

暴《ぼう》牛《ぎゅう》の書《しょ》

BLACK CLOVER

1 2 3 4

一章《いっしょう》 ✿ 少年《しょうねん》の挑戦《ちょうせん》

アスタは焦《あせ》っていた。

うららかな昼下がり、穏《おだ》やかな木漏《こも》れ日《び》が差しこむ森の中。

『ブギイイィイイィイイィッ!!』

とんでもないサイズのイノシシが、アスタに向けて突進してきていた。

しかしどうやら、そのターゲットはアスタではない。

「うおおおおおおぉォォォォ!!」

イノシシの前を全力疾走《しっそう》する男がいた。

つまり厳密に言えば、イノシシに追いかけられている男が、アスタに向かって走ってきている、ということだ。

はなはだ迷惑な話だったが、なによりもアスタが焦ったのは、別のことだった。

男はなぜか、全裸だった。

全裸のおっさんが、フルテンションで叫びながら、ものすごい勢いでこっちに走ってきているのだ。

アスタは焦っていた。

（……なんだ……これ……どうなってる………⁉）

おっさんとイノシシに気づいてからの、長いとは言えない時間の中で、アスタはこうなった経緯《いきさつ》を回想した。


魔導書《グリモワール》塔にて、大剣を宿した魔導書《グリモワール》を授《さず》かってから二か月ほど経《た》ったある日。アスタはハージ村から少し離れた場所にある山へとやってきていた。

大剣の訓練をするためだ。

魔法がすべてのこの世界において、剣のみを使って戦う方法などは存在せず、当然、講師のような人もいない。

だからアスタはしかたなく、こうしてちょくちょく山籠《やまご》もりをして、独力《どくりょく》で剣の修業をすることにしていた。

とはいえ、やはりその効率は良いとはいえない。剣の上下振りや横薙《よこな》ぎなど、基本的な動きはひととおりマスターできたものの、応用としてそれらが活《い》かせないのだ。練習する相手もいないので、打ちこみの訓練などもできない。

そんなふうに焦りを感じながらも、何度目かの山籠もりにやってきたその日。良い日和《ひより》にまどろみながら、ひと息つきがてら、ハージ村原産のノモイモを焼いていた。

「うおおおおおおァァァッ！」

そしたらいきなり、全裸のおっさんがアスタに向かって走ってきて、

『ブギィィィィィィィッ!!』

その背中を、巨大なイノシシが追っていた、と。

そういうわけだった。


「……いや、やっぱぜんぜんだ！　なにが起こってるかぜんぜんわからねえっ!!」

まったく意味をなさない回想に、全力投球のツッコミを入れてしまう。すると、イノシシのほうを見ていた全裸男が、こちらの存在に気づいたようで、

「ど、どいて、少年！　このままじゃ巻き添えにしてしまう！」

「っていうか、こっち来んなァァァァ!!」

いろんな意味で！　なんて思ったが、いまさら方向転換しろというのも酷《こく》な話だろう。アスタは魔導書《グリモワール》を勢いよく開いた。

すると中から、すっかり見慣れたボロボロの大剣が吐き出され、アスタの手中《しゅちゅう》に収《おさ》まる。

剣の出し入れだって練習した。今ではこんなふうに、ノータイムで構えることだってできる。

「大きく横に跳《と》べ！」

「え、あ、うん！」

男が脇《わき》の茂《しげ》みに飛びこむのと同時、アスタは勢いよく地を蹴《け》った。そのまま大きく剣を振りかぶり、イノシシの頭部に狙《ねら》いを定《さだ》める。

「オラァアッ!!」

腕力と体重、そして突進の勢いを丸々吸いこんだ一撃は、すさまじい勢いでイノシシの頭頂部を殴《なぐ》りつけ、巨大な身体《からだ》を地面に叩《たた》きつけた。砂埃《すなぼこり》が盛大に舞いあがり、一帯《いったい》の木々が大きく揺れる。

「お、おお……すごい。一撃で……」

砂埃が収まるのを見計《みはか》らって、茂みから顔を出した男は、驚いたように言った。

年のころは三十代半《なか》ばといったところか。身体つきからしてもう少し若いようにも見受けられるが、ぼさぼさの赤い髪と、まばらに生《は》えた無精《ぶしょう》ヒゲのせいで、老《ふ》けた印象が強い。それが引《ひ》き締《し》まった身体に、ひどくミスマッチに思えた。

「いや、すまないねえ。川の浅瀬で魚を捕《と》ろうとしていたんだけど、そこがどうやらこいつの縄張《なわば》りだったみたいでさ。ハハ、こんな所まで追われて来ちゃったよ」

（……死にそうになったのに、なんでこんなテンションなんだろう？）

「おっと、自己紹介してなかったね。私はファンゼル。ゼルでいいよ。旅をしている者だ。君は？」

（……なんでこんなにフラットに自己紹介に移れるんだろう？）

なんて、いろいろなツッコミが浮かんだものの、挨拶《あいさつ》を返さないわけにもいかないので、

「……アスタっす。ハージ村に住んでます。ちょっとした野暮用《やぼよう》で、ここまで来たっす」

全裸の男に自己紹介をするのは初めてだったので、少し言いよどんでしまったものの、そんなふうにレスポンスをすると、男――ゼルはニコニコしながら頷《うなず》いて、

「面倒くさいから敬語は使わなくていいよ。そんなことよりもアスタ、あれは君の？」

彼の骨ばった長い指が、さっき起こした焚火《たきび》とイモに向けられる。アスタは頷いて、

「そうだけど、それがどうか……」

グギュルルルル……。

頷くのと同時に、そんな音が轟《とどろ》いた。一瞬なにかと思ったが、すぐにわかった。

ゼルの腹の音だった。

「…………」

「…………」

「……じ、実はその、二日前からなにも食べてなく、て」

全裸の男は重たげに口を割る。

「……果物なんかが自生してないわけじゃないんだ。ただその、それを採《と》る体力が残されていないというか、久々に栄養価が高いものを食べたい……と、いうか」

（……助けるんじゃなかったあああああアアアアアッ）


「へえ、魔法騎士団《まほうきしだん》に入るために、山籠もりの修業に来てるんだ。大変だねえ」

焼き直したノモイモをボソボソと食《は》みながら、ゼルは感心したように言った。

アスタたちが今いる場所は、ゼルが住処《すみか》にしているという二階建ての大きな空《あ》き家《や》の庭だ。日当たりは良好で、建物の経年劣化《けいねんれっか》も少ない。なにより湖畔《こはん》に面しているので、水の調達が楽でいい。修業にばかり気をとられていて、今まで気づかなかったが、こんないい場所が残されていたらしい。

庭にはテーブルやロッキングチェアまで残っており、ふたりはそこに腰かけ、食事がてらの雑談をしていた。

「おっさんのほうこそ、なにしにこんな所まで来てるんだよ？」

「おっさんって……私、一応まだ二十八なんだけど」

「老けすぎだろ。っていうか、二十八っておっさんじゃないのか？」

「……まあ、それはおいといて」

すごく嫌《いや》そうな顔をされた。意外とデリケートなのかもしれない。

「私は人を待ってるんだ。ここを待ち合わせ場所にしてね」

「こんな山奥でかよ？」

「いや、下手《へた》に村とか街《まち》とかで待ち合わせするよりも楽だよ？　宿泊費もかからないし、自然の中でゆっくりできるしさ」

「いや、ぜんぜんゆっくりしてなかったよな？　死にそうな勢いで走ってなかった、さっき？」

とは言ったものの、その考えには少し賛同できた。こうしてロッキングチェアに揺られて、キラキラと光る湖面《こめん》を眺《なが》めて、お日様の光をいっぱいに浴びていると、嫌なことが空気中に溶《と》けだしていくような気分になる。

「でもほら、結果的にこうやって、ゆっくりイモをご馳走《ちそう》になれたからさ。はは。いやあ、たまには裸で走ってみるものだねえ」

やはり無理だ。嫌なことの元凶《げんきょう》が隣にあっては、森林浴効果だけでは分《ぶ》が悪すぎる。

「よし、飲食の恩は住環境で返そう。アスタ、君がこの森にいる間は、私と一緒にこの家に住んでいいよ。特別に、大きいほうのベッドを使わせてあげよう」

あ、けっこうです。じゃあ、僕はこれで。なんて、慣れない敬語の羅列《られつ》が喉元《のどもと》まで出かかったが、先述のとおり物件だけはいいのだ。図々《ずうずう》しいおっさんがオプションとしてくっついてくることを差し引いても、非常にありがたい提案かもしれない。

「って、またノモイモたかる気じゃねーだろうな？」

「たかるほど美味《おい》しくな……いや、そんなつもりはないよ。単純にひとりよりもふたりのほうが家事が楽だし、さっきみたいなイレギュラーがあっても助け合えるからね」

「いや、それ恩返しとは言わないよな⁉　あと、すげー失礼なこと言いかけなかった⁉」

「まあそう言わないでよ。このご時世《じせい》、単純な好意でなにかをしてあげるっていうよりも、なにかしらの利害が働いてそうしてるって言ったほうが、少しは安心できるだろ？」

「………」

そんなふうに言われると、そんな気がしてこないでもないが、だからこそ丸めこまれている感も否《いな》めないわけで。

「それに、人との出会いや繋《つな》がりは大事にしたほうがいい。形には残らないかもしれないけど、経験として心の中に積みあげていけるからね」

全裸の男（今はもう服を着ているけど）にそんな人生論を言われたって、ちっとも心が動かなかったが、ともかくアスタは考えてみる。

こんなとき、あの頭のいい幼馴染《おさななじみ》が隣にいれば『どう考えても怪《あや》しい。もう少し相手を探《さぐ》れ』なんて言ってくるのだろうが、アスタは探りを入れるのが苦手《にがて》だし、人を疑うことはもっと苦手だ。助けた人が恩返し（と、少しの損得勘定《かんじょう》）を理由に、自分の欲《ほっ》するものを提供してくれようとしている。その事実だけで十分だと思ってしまう。

それになにより、この男はそんなに悪い人間のような気がしない。深く考えることは苦手なアスタだったが、人を見る目に自信はあった。

首を縦《たて》に振る条件は、最初から揃《そろ》っていたように思えた。

「そーだな。じゃあ、そーさせてもらうよ。よろしくな、ゼルのおっさん！」

「おっさ……まあ、いいけどさ。うん、こちらこそよろしく！」

互いに笑顔を向け合った後、ゼルは当たり前のように、

「じゃあ、さっそく薪割《まきわ》りの当番を決めようか。君は体力があるみたいだから、私よりも多めで大丈夫だよね？」

……少しだけ、自分の目に曇《くも》りを感じた。

そして翌朝。庭先にて。

「っは……オラァッ！」

漂《ただよ》い始《はじ》めた朝霧を切り裂くようにして、アスタは大剣の訓練に励《はげ》んでいた。

山籠もりをしようと思った理由のひとつがこれだ。朝っぱらから大声を出しながら大剣を振り回していては、シスターや教会の子どもたちの迷惑になってしまう。というか、まず村の近くで剣を振り回すということ自体が、村の者たち全員にいい顔をされない。人里離れた森の中だったら、誰にもはばかることなく訓練に集中できると考えたのだ。

まずは大きく踏みこんで大剣を振り下ろす。勢いを殺さないように刃《やいば》を翻《ひるがえ》し、振りあげる。

そのまま八の字を描くようにして袈裟《けさ》切《ぎ》りに繋げ、遠心力の乗った横薙ぎを放つ。

ここだ。

「お……っとぉ！」

そのまま振り向いて次のアクションに繋げようとする際、必ず体勢が崩《くず》れる。最初のうち大剣の重さに任《まか》せて訓練していたせいか、おかしな癖《くせ》がついてしまったようだ。

振り向く勢いを殺してみたり、踵《かかと》に力を入れてみたり、意識して直そうとしているのだが、どこをどういうふうに意識してよいかがいまいちわからない。

「体重が膝《ひざ》に乗りきってないからじゃないかな」

「いや、それも意識してやってみたんだけど、それだと踏《ふ》みこみがうまくいかねえんだよな」

「うん。両方のつま先は常《つね》に剣先と同じほうを向いていないといけないからね。さっきは勢いを殺すために左踵に力が入って、少し外側に開いていた。あと、右足をもう半歩前に出したほうがいい。癖っていくつかの要因が重なっているから、直すのに苦労するイメージだけど、ひとつひとつに気づいてあげれば意外とすぐ直るから、意識してやってみるといいよ」

「なるほど、そういうもんなのか！　じゃあさっそく……っ」

……って。

「おっさん……」

振り向くと、朝食の調達から帰ってきたゼルが、汗ばんだ額《ひたい》を拭《ぬぐ》いながら立っていた。

「見てたのかよ。っていうか、今のアドバイス……」

「いいから、やってみな」

首を傾《かし》げながらも剣を構える。同じアクションを繰《く》り返《かえ》す。件《くだん》のきりかえしの場所に差しかかる。言われたことを意識してみる。体勢は……崩れない！

「うおおォォッ！　できたっ！」

「う、うん。できるのめっちゃ早いけど……まあ、なによりだよ」

「すげえな、おっさん！　剣使えるのか⁉」

しかもアスタは、悩んでいるところをきちんと説明したわけではない。ゼルはアスタの動きだけを見て問題点を洗い出し、それに有効なアドバイスを、あの一瞬ではじき出したのだ。相当の使い手なのかもしれない。

「うん。っていうか」

ゼルはそのへんの棒っきれを拾《ひろ》ってから、おもむろに魔導書《グリモワール》を開いた。

「――風創成魔法《かぜそうせいまほう》〝斬風皇《カザキリノスメラギ》〟」

――ヒュゴッ。

とたん、ゼルを中心に風の渦《うず》が巻き起こり、それがみるみるうちに棒に集まっていく。

「おおォォォォッ！　すげえっ！」

アスタの歓声とともに完成したのは、風の剣とでも言うべき代物《しろもの》だった。幾重《いくえ》にも折り重なった風の渦が、棒を中心として刃の形を成《な》し、その周囲には常に微風が巻き起こっている。

「こういう感じで、魔法が剣の形をしてるんだよね。こうやって、棒状のものにまとわせたり、飛ばしたりすることができる風創成魔法〝斬風皇《カザキリノスメラギ》〟。通称ザッキーさんだ」

「ネーミングセンスもすげえっ！」

「こいつをブロードソードにまとわせたり、風の斬撃《ざんげき》を飛ばして攻撃するっていうのが、私の戦闘スタイルなんだ。だから、ちょっとだけ剣術《けんじゅつ》もかじってるよ、って感じ」

魔法の剣を使っての剣術。魔力を介《かい》さない剣術とはまた少し違う気もするが、それでも近しいものはあるだろう。アスタは一も二もなく言っていた。

「だったら、頼むよ！　オレに剣を教えてくれ！」

――それはアスタにとって、切実な頼みだった。

この魔導書《グリモワール》を授かったあの日、アスタは嬉《うれ》しかった。

魔力のない自分でも魔導書《グリモワール》を授かることができた。それを使って悪いやつをやっつけることができた。幼馴染《おさななじみ》のユノにライバルだと認めてもらえていた。

幼い日に約束したあの夢を、追いかける資格を得た。

しかしもちろん、それだけではダメだという自覚もあった。アスタはユノと――あのなんでもできる幼馴染にして、四《よ》つ葉《ば》の魔導書《グリモワール》を授かった天才と、壮大な勝負をしている。

どっちが先に魔法帝《まほうてい》になるかという、勝負を。

ユノはすごいやつだ。昔から魔法が上手《じょうず》で、みんなからの信頼も厚い。そんなやつが、初代魔法帝も授かったとされている四つ葉の魔導書《グリモワール》に選ばれて、もっとすごいやつになった。

今もアスタと同じように修業をして、もっともっとすごいやつになっているに違いない。

そんなすごいやつにライバルとして認められているアスタも、同じくらい――いや、それ以上にすごいやつにならないといけない。

そうなるために必要な技術を持っている人が、今まさに目の前にいるのだ。

「ちょっとだけでいいんだ！　頼む、教えてくれ！」

「うん、いいよ」

もちろん、簡単には首を縦《たて》に振ってくれないだろう。自分のような孤児に剣を教えるメリットなどはない。都合が良すぎるお願いだという自覚はあった。

「いやっ！　いきなりこんな頼みごとして、虫がよすぎる話だってのはわかってるよ！　金も持ってねえ！　でも頼むよ、おっさんしか頼《たよ》れる人がいねえんだ！」

それでもアスタは、深々と頭を下げて誠意を示した。舞いこんできたこのチャンスを、逃《のが》すわけにはいかなかったのだ。

「うん。だから、いいよ」

「家事も炊事《すいじ》も全部やるよ！　それでもぜんぜん足《た》らねえってことはわかって……え？」

九十度以上に下げていた頭を上げる。ニコニコ顔のゼルと目が合った。

「え……い、いいのか？」

「うん。私がここにいる間だけでいいならね」

「……でもオレ、ぜんぜん金とか持ってないんだぜ？」

「べつに見返りが欲しくて言ってるんじゃないよ。強《し》いて言えばイモとイノシシ退治のお礼かな……あ、でも家事炊事はしてくれるなら嬉しいけど」

「……ぃよっしゃあああァァァァッ！」

大剣を掲《かか》げて喜びを体現した。あっさり進みすぎて怖《こわ》いような気もするが、念願の剣の師を手に入れたのだ。それがいまいち得体《えたい》の知れない中年だということを差し引いても、喜ばずにいられるわけがない。もっとすごいやつになれる、ユノと同じ景色を見ることができる！

「ああ、でも、これだけは約束してほしいってことがあるんだけど」

そのまま小躍《こおど》りでも始めそうな勢いのアスタをいさめるように、ゼルは苦笑気味《くしょうぎみ》に言った。

「アスタ、君はなんのために強くなりたいの？」

それがどういう意図《いと》での質問かはわからなかったが、アスタははっきりした口調で、

「魔法帝になるためだ」

アスタは自分の夢が恥ずかしいと思ったことはない。だから誰に対しても堂々と答えるようにしていた。だいたいの者には鼻で笑われたり、ひどいときには怒られたりするのだが、

「……なるほど。それは、いいね。うん。非常にいい」

……こんなに前向きに受けとってもらえたのは、初めてだった。

「だったらその夢を叶《かな》えるため以外には、絶対に私の教えたものは使わないでほしい」

「お、おう。それはそのつもりだけど……なんか、つまり、どうすればいいんだ？」

定義が曖昧《あいまい》というか、どうとでもとれるというか……。

「そんなに難しく考えることはない。君が君の夢を叶えるために、最善だと思うことに使ってほしいってことさ。不当に人を傷つけたり、弱い者をいじめたり、そういう悪いことに使わなければ、それでいい」

「そんなこと、言われなくてもしねーよっ！」

「うん。昨日今日《きのうきょう》のつき合いだけど、君がそういう人間だっていうのはわかってるよ。だから教える気になった。けど、大事なことだから、約束して」

「……わかったよ」

すっきりしない心持ちでうなずく。するとゼルはアスタに拳《こぶし》を突き出して、

「よし！　じゃあ、今日から一緒に頑張《がんば》ろう！」

「うす！　よろしくお願いします！」

コツンと互いの拳を打ち合わせた、そのとき、

『ブギイィィィィッ!!』

なぜかいきなり、茂みの奥からイノシシが現れた。

「わ、忘れてた。さっき縄張りに入っちゃって、追われてたんだった！」

「どんだけ縄張り荒らすんだよ！」

「よしアスタ、最初の修業だ！　あいつをやっつけろ！」

「修業っつーか普通のイノシシ狩りだろうが！　本当に強《つえ》えのかよ、おっさん!?」

なんていうやりとりから始まったものの、ともかく、この日から。

アスタの焦りは、だんだんと消えていくことになった。


「左足の引きつけが遅い！　それと連続技を打つなら、一撃目と二撃目の間をあけるな！」

「おうっ！」

小気味の良い金属音と、気合の入った男ふたりのかけ声が、空気をびりびりと震わせていた。アスタがゼルに修業を申しこんだあの日以来、毎日のように繰り返されている光景と騒音だ。

そしてその数日で、アスタというこの少年について、ゼルは思うところがあった。

「打ちこんだ直後は即座に相手に向き直れ！　すぐに攻撃に転じられなくても、切《き》っ先《さき》は常に相手の喉元《のどもと》に向ける！」

「うすっ！」

アドバイスの直後、再び大剣を振りかぶって飛びかかってくるアスタ。有効打の重みを乗せた一撃を受けながら、ゼルは改めて実感し、確信していた。

このアスタという少年は、異常だ。

聞いたところによると、彼には魔力がいっさいないらしい。にわかには信じがたかったが、生まれつきそういう体質なのだという。

この世界は、魔力が少ない者よりも、魔力が多い者のほうが、圧倒的に生きやすいようにできている。前者よりも後者のほうが、できることが多いからだ。

単純だが、しかしそれが真実で、すべてだ。

魔力の多寡《たか》によって生活水準が決まり、生活環境が決まり、居住区が決まり、職業が決まり、結婚相手も決まる。どんなに頭が良くても、体力に恵まれていても、魔法が使えなくてはそれらを活かせない。逆に魔力さえあれば、それらすべてを覆《くつがえ》すことができる。魔力があるほど選択肢《せんたくし》が広がり、なければ狭《せば》まる、徹底した魔力格差社会。

つまり魔力を持たないアスタは、なにもできないのだ。

(――そのはずなんだけどなあ)

「どうした、そんなもんでおしまいか!?」

「まだまだァっ!」

全身のバネを使って突進してくるアスタ。唐竹割《からたけわ》りの初撃《しょげき》は受け流し、すぐさま放たれた逆袈裟の斬撃もいなす。しかしその次に放たれた振りあげの一撃は受けきれず、間合いの外まで後退《あとじさ》って躱《かわ》した。先ほど注意した点はすべて改善され、どころか一撃一撃がみるみるうちに鋭くなっていく。

なにもできないはずのこの少年は、ゼルが示したすべてをやってのけ、すさまじい早さでその先へ行こうとしている。基本的な空間打突《だとつ》はやっていたようだから、土台は固まっていたようだが、それでも信じられない呑《の》みこみの早さだった。

それを可能にしているのは、異常なまでに発達した筋肉と、磨《みが》き抜《ぬ》かれた格闘のセンスだ。どちらも並大抵の努力と覚悟で身につけられるものではない。

これが魔法の鍛錬《たんれん》の話であればまだ理解できる。将来に役立つとわかっているもの、選択肢を広げるものだとわかっていれば、それを磨《みが》いていくことに苦はないだろう。

しかし肉体の鍛錬の場合は違う。将来報《むく》われるかどうかはわからず、選択肢はむしろ限定され、誰からも認められず、磨いてもできることは少なく、過程もただ苦しいだけ。

そんなことに、アスタは人生の大半を投資したのだ。

血反吐《ちへど》を吐き続けてきた人生だったろう。人に笑われ続けてきただろう。心ない罵声《ばせい》を浴びたことだろう。諦《あきら》めてしまったほうが楽だと、何度も思っただろう。

それらすべてをねじ伏《ふ》せ、粘り強く鍛錬を重ね、ひたすらに積みあげる。

そうしてアスタは結実させた。不明瞭な未来を明瞭なものとして手に入れ、誰とも競合することのない戦闘方法を確立した。

しかも彼の魔導書《グリモワール》から生み出される大剣は、魔法を無効化することができるらしい。聞いたことのない付帯《ふたい》効果だが、魔力のないアスタにとって、攻撃と防御を同時にできる得物《えもの》があるというのは、身体能力を存分に活かした戦闘ができるということを意味する。

決して折れない心と、強力無比な身体能力。そして魔法を絶《た》つ魔法。しかもそれらはまだ発展途上。最終的な終着点を考えると、ゼルはゾッとし、同時にワクワクする。

（「魔法帝になる」……か）

アスタはゼルの目をまっすぐに見ながらそう言った。ただの夢ではなく、こなすべき課題か目標であるかのように、そう言った。

それは無理だと思う。確かに彼の伸びしろは計《はか》り知れないが、国王と同等の発言力を持ち、国民の羨望《せんぼう》と信頼を一身に浴びるような存在にまでなれるとは思えない。ゼルが褒《ほ》めたのは、夢の方向性とまっすぐな心がまえのほうだ。

しかし同時に、彼ならあるいは、と思う自分もいる。

（……アスタなら、大丈夫かもしれない）

アスタに剣を教えて数日。ゼルはふと、そんなことを思うようになっていた。

彼とはまだ短いつき合いだったが、その器《うつわ》の大きさはわかったつもりだ。それもまだまだ発展途上だが、将来的にはたくさんの人が彼を支えにしていくような、そんな大きな人物になるに違いなかった。

そんな彼になら、預けても大丈夫かもしれない。

ゼルの持つ剣術以外のものも、あるいは彼なら、受け止めてくれるのではないだろうか。

そんな都合のよいことを、ゼルはうっすらと思うようになっていた。

（大丈夫か、このおっさん…………⁉）

——一方で、アスタは怯《おび》えていた。

先ほどからなぜか、ゼルのアスタを見る目が変わってきたように感じる。なんとも形容しがたいが、熱を帯《お》びているというか、興奮気味というか……とにかく危ない目だ。しかも今は、訓練中なのでお互いに上半身が裸だ。

半裸のおっさんが、半裸の少年を、ギラギラした目で見ている。

アスタはめっちゃ、怯えていた。

「……なあ、おっさん。そろそろ昼飯《ひるめし》にしねえか？」

「ん、ああ、そうだね。もうそんな時間か」

目を細めながら太陽の位置を確認すると、ゼルはブロードソードを鞘《さや》に納めた。

「いや、素晴《すば》らしいよアスタ。受け攻《せ》めともに抜群だ。どんどん動きが良くなっていくよ」

「お、おう……ありがとう」

頭に伸ばされたゼルの手を、アスタはさっと躱《かわ》し、いそいそと家に戻っていった。


「いまさらだけどさ、おっさんの剣術、ぜんぜんかじったっていう程度じゃねえよな」

今日のメニューは、ノモイモのマッシュをふんだんに使ったポテトサラダと、季節野菜の香味《こうみ》スープ。メインはイノシシ肉のロースステーキだ。ステーキソースなどにいたるまで、すべてアスタの手作りだった。野草の調合を間違え、ものすごく辛《から》くて目に染《し》みる謎《なぞ》の液体を作ってしまったことなどもあったが、それらの失敗を踏まえて試行錯誤を重ねているうちに、これくらいは作れるようになった。もっとも、味は可もなく不可もなくだが。

「っていうかこんだけ強ければ、絶対イノシシなんて自分で倒せたよな？」

それら努力の結晶を庭先のテーブルに並べたアスタは、イノシシ肉にかぶりつきながら、対面に座るゼルにジト目を向けた。

「あのときは剣も魔導書《グリモワール》も手元になかったからね。それに無益な殺生《せっしょう》は好きじゃないんだ。

有益ならまあ、しかたないって思うけど」

　ゼルはイノシシ肉を申《もう》し訳《わけ》なそうに食べながら言う。

「そんで、私の剣術は本当にたいしたことないよ。君がそれを上手に使いすぎてるだけ」

「おっさんの教え方が上手だからだって思うけどな」

　謙遜《けんそん》でもおべっかでもなくそう思っていた。間合いのとり方、打ちこみのタイミング、その方向、強弱のつけ方、目線の配り方など、ひとりでやっていたのではわからなかったり、気づくのに時間がかかることを、この男はすべて示してくれる。単純に対人訓練の効果もあるのだろうが、相手がゼルでなければ、こうもトントン拍子に上達しなかったと思う。

「講師かなんかやってたのか？」

「うん。武器の形をした魔法が発現した子なんかを相手に、教鞭《きょうべん》をとっていたことがあるんだ。生徒には舐《な》められっぱなしだったけど」

「だろうな」

「だろうなは失礼だけど……とにかく、百人以上は見てきたけど、君は本当に三本の指に入るくらいに優秀だよ。魔法騎士団に入っても、十分通用するレベルの使い手になると思う」

「三本の、か……」

　魔道士《まどうし》の頂《いただき》を目指《めざ》すアスタだ。後半の褒め言葉よりも、前半の格づけが気になってしまう。

「まあ、二番目かな。でも一番は規格外というか、剣を剣として扱わないというか……」

「剣を剣として扱わない？」

それは剣術として成立するのだろうか？

「長物《ながもの》武器を扱う以上、間合いは発生するし、打ちこみの角度やタイミングなんかもあるわけだから、教えることがなかったわけじゃないんだけど、とにかく特殊な生徒だった……まあ、そういうイレギュラーな子を除《のぞ》けば君が一番だ。自信を持っていいと思うよ」

「……そっか」

話題をそらすような口調なのは気がかりだったが、理路整然とした説明を常とするゼルがそういう言い方をするということは、本当にたいして気にしなくていいことなのだろう。

それに、実質的な剣術では一番だと褒めてもらえたのは、素直に嬉しかった。

「そしたらさ、午後の訓練はどうすっか!?」

「そーだなあ」

やる気を新《あら》たにそう問いかけると、ゼルも瞳を輝かせながら考えるそぶりを見せる。辛《つら》いながらも進歩に満ちた日々が、アスタにとっては楽しくて当たり前だったが、この男も楽しんでいるように思える。

報酬《ほうしゅう》こそ払えないアスタだったが、それが見返りといえば見返りなのかもしれない。

「もうちょっと打ちこみをしようか。足さばきがいい感じになってきたから、忘れないように反復しておこう」

「おう！　……っていうかこの際だから聞いとくけど、なんでこんなガチガチに打ちこみ訓練するんだ？　この先オレが戦うのって、ほとんどが魔道士だよな？　だったら、魔法を意識した訓練がメインのほうがいいんじゃねえの？」

「本当はそうなんだけど、私の待っている人が来たら、訓練が終わっちゃうかもしれないからね。対人格闘の訓練は、相手がいるうちにみっちりやっておいたほうがいい」

「……そっか」

　そういえばそうだった。この訓練は、彼の待ち人が来るまでの期間限定なのだ。なんだかちょっと寂しくもあるが、いつまでも自分につき合わせるわけにもいかない。

「それに、魔法をかわした後に、結局は人に刃を向けることになるからね。その感覚をつかんでおくにこしたことはないよ……あと私も楽しいし」

「おい、後半！　後半ゴチョってつけ足したヤツ！　なんか講師のエゴが見え隠れしたぞ！」

「人生は足したり引いたりの連続だ！」

「なにその即席の人生論!?　すげえ薄っぺらいんだけど!!」

　そんなバカ話に興《きょう》じてから、食後の休憩を挟《はさ》み、日が暮れるまで訓練に明け暮れる。その日はそうして終わり、次の日も、その次の日もそうして過ごした。

心地よい毎日だった。

ずっとひとりでやってきた。誰からも認められずにやってきた。自分がこの世界の不適合者だと知りながら、けれどその運命を覆《くつがえ》したくて、必死にやってきた。

人の評価など気にしてこなかった。今までもずっとそうだったし、誰かに褒めてもらわずともモチベーションなんて維持《いじ》できる。自分がライバルと認めたひとりに——ユノにさえ認めてもらえていればそれでいいと、魔導書《グリモワール》を受けとったあの日にもそう思った。

しかしそれでもやはり、誰かに褒めてもらうということは、大事なことなのだ。

そう実感せずにはいられないほどに、ゼルと過ごす日々は、心地よいものだった。

そんな毎日がさらに数日続き、十数日となり、数十日に変わろうとする頃——。

ゼルは、アスタを裏切った。


「ファンゼル先生、お待たせしました！」

その日、いつものように昼食後の休憩をとるふたりの元へ、黒いローブを着た女性が訪ねてきた。

女性、というか少女と言ったほうがいいだろう。年齢はアスタと同じか、少し下くらい。生意気《なまいき》そうな印象のつりあがった目と、こざっぱりとしたショートの黒髪が特徴的な美少女だった。

「マリエラ！　なにかわかった⁉」

トテトテと走り寄ってくる彼女――マリエラを、待ちわびていたように立ちあがったゼル。状況が把握《はあく》できず、アスタはふたりに視線を往復させていると、

「彼女はマリエラ。私の元教え子だ。彼女に頼んで、私の婚約者を探してもらっていたんだ」

「そーなのか……って、いやいや！　そーなのかよ！　だったらおっさん、オレなんかにかまってないで、自分でその人探したほうがよかったんじゃねえのか⁉」

人を待っている間の時間潰《じかんつぶ》し、程度に思っていたのだが、そういうことなら話は別だ。っていうかこのおっさん、婚約する甲斐性《かいしょう》あったのか。

「……いや、私はちょっと訳《わけ》あって、あんまり派手には動き回れない身なんだ」

……いよいよナニモンなんだ。なんて思っているうちに、肩で息をしたマリエラが、ふたりの目の前までたどり着いた。

「ご報告します……って、えっと、そちらの方は？」

「ハージ村のアスタだ。このおっさんに剣を教わってる。よろしくな！」

できうる限り友好的に挨拶をしたつもりだったが、なぜかマリエラは顔面蒼白となって、

「……おおお、お、おっさんって……ちょ、アナタ！　この方をどなたと心得ますか⁉」

「心得ますかって……べつに、普通のおっさんだろうが！」

いきなりケンカ腰でこられたのと、自己紹介を無下《むげ》にされた怒りもあって、ついつい語気を荒らげて返してしまう。するとマリエラもさらに口調を鋭くして、

「普通のおっさんじゃないですよ！　おっさんはおっさんですけど、すごいおっさんです！　アナタがどこのどなたかなんて知りませんけど、少なくともそんな軽々《けいけい》におっさん呼ばわりしていいおっさんじゃありません！」

「ハージ村のアスタだっつってんだろ！　誰が呼ぼうが、結局おっさんならおっさんでいいじゃねえか！　どういうおっさん観持ってんだよ！」

「認識の問題です！　すごいおっさんなのだと知っているのといないのでは、払うに値する敬意が違ってくるでしょう！　アナタのおっさんからはリスペクトの念が伝わってきません！」

「おっさんって言い方へのリスペクトの込め方なんて習ったことねえよ！　よく噛《か》まずに言えたな、オレ！」

「あの、やめてくんないかな！　当事者が一番傷つくやつなんだけど、そのケンカっ！」

口喧嘩《くちげんか》に割って入ったゼルは、ちょっと涙目になっていた。

「それよりマリエラ！　ドミナについて、なにかわかったことがあるのか⁉」

ドミナ。どうやらそれが、ゼルの婚約者の名前のようだった。

「それが、その、ドミナさんは……！」

それまでのテンションをリセットするようにして、マリエラは一瞬間《ま》を溜《た》めた。

――彼女の目にも、うっすらと涙が浮かんでいた。

「……もしかしたら、お亡くなりになっているかもしれません」


「……なあ、オレ、席外《はず》してようか？」

空き家の一階。リビングとして使っている部屋にて。

アスタの淹《い》れたお茶に手をつけることなく、三人は神妙な顔を向かい合わせていた。

「……いや、今後訓練を続けるかどうかにもかかわってくる話だ。君にもいてほしい」

いつになく顔色を悪くしたゼルは、しかしそこで自嘲気《じちょうぎ》味《み》に笑って、

「それにこうなった今、君には少し、私のことを知っておいてもらいたい」

意味《いみ》深《しん》な台詞《セリフ》から始まった全体の経緯は、以下のようなものだった。

ゼル、マリエラ、そしてドミナは、もともとある組織に身を置く構成員だったという。……はっきりと口には出さなかったが、過激派《かげきは》・思想犯《しそうはん》といった類《たぐい》の、物騒なことを生業《なりわい》とする組織なのだろう。でなければ、この後の物騒な展開についての説明がつかない。

組織のやり方についていけなくなったゼルとドミナは、数年前から逃亡を考え、ついに半年ほど前に断行した。しかし、どういうわけか事前に情報が漏《も》れていたらしく、ありえない数の刺客《しかく》に行く手を阻《はば》まれたという。先にドミナを逃がし、刺客の大半を引き受けたゼルは、重傷を負《お》いながらもこれを撃退。残党を撒《ま》いた後、落ち合う約束の場所まで向かった。

しかしそこにドミナはいなかった。予備として決めていた場所もいくつかあったが、そのどこを回っても、彼女が姿を現すことはなかった。

タイミングが悪かっただけかと、いくつか回り直してみたり、その周辺を探してみたりもしたが、やはりその行方《ゆくえ》は杳《よう》として知れず。どころか、ゼルが動けばそれを察知した刺客も動く。自分が交戦するのはいい。しかし、周辺に潜《ひそ》んでいるかもしれないドミナにまで脅威を飛び火させるわけにはいかなかったため、ゼルはこの空き家に隠れ住むことを余儀なくされた。

身を潜めながらも、ふたりが離反する数年前に組織を抜けていたマリエラに協力を仰ぎ、ドミナの安否《あんぴ》を探ってもらっていたという。

……そして、そのマリエラが持ち帰った情報は。

「……これが、ドミナさんの杖《つえ》です」

コト、と、マリエラは全長三十センチ前後の杖を机の上に置いた。

「……先生とドミナさんが、最初の襲撃にあった場所を探していたら、それが……大量の血と一緒に、落ちていました」

「……そう、か」

すべてを聞き終えたゼルは怒るでもなく、悲しむでもなく、ただただ脱力したように、机の上に置かれたボロボロの杖を手にとった。

それから長い沈黙をおいて、大きく息を吐いたゼルは、ゆっくり立ちあがった。

「……ごめん。ちょっとだけ、ひとりにしてくれ」

「あ、おっさん！」

『まだ死んでいるとは限らない、元気出せ！』なんて言葉が出かかったか、言えなかった。

事情を知らないアスタがそんなことを言うのは、あまりにも無責任で、残酷だ。

ゼルは一瞬だけ足を止めたが、フラフラとした足どりで二階へと行ってしまった。

……どんな言葉をかけていいかわからなかったが、こんなときにひとりになるのはよくないことだと、アスタは知っている。

魔法が使えなくて嘆《なげ》いているときも、シスターの優しい言葉によって励まされた。自分に魔力がないことがわかって絶望しかけたときも、ユノの力強い言葉によって我をとり戻した。ひとりになる時間も必要なのかもしれない。与える側のエゴかもしれない。しかし、絶望したときに立ちあがる力をくれるのは、やはり自分を理解している誰かの心ある言葉なのだ。

ゼルとドミナの関係性や、それらをとり巻く環境などを詳《くわ》しく知らないアスタには、その役を務めることができるかどうかわからない。今ここで、それができるのは……。

「……なあ、マリエラ」

「わかってますよ。わかってますけど………！」

アスタと同じような思考を辿《たど》っていたらしいマリエラは、しかし渋い顔をしていた。

「……先生とドミナさんは昔から、組織を抜けたがっている子どもたちを、こっそり逃がしていました。わたしもそうして逃がしてもらったひとりです」

すっかり冷《さ》めたお茶を見つめながら、悲しげに、悔《くや》しげに言葉を紡《つむ》いでいく。

「もちろんバレてはいませんでしたが、疑われるくらいのことはあったかもしれません。だから事前に動きを探られていた——そう考えると、わたしにも責任はあります。それなのに、わたしなんかが傍《そば》に行っていいものか……」

「関係ねえよ、そんなの。考えだしたらキリねえだろ」

仮にそうだとしても、組織に見つかる危険を犯《おか》してまで、ドミナの行方を追ったのは彼女だ。結果は残念なものだったが、責任は十分に果たしていると思う。

「どうしても気になるなら、これからも頑張って恩返ししていけよ。だから、お前までそんな顔すんな。無理やりでも元気出せ」

「……優しいんだか厳《きび》しいんだかわからないですね、アナタは」

アスタの言葉に微苦笑を浮かべると、マリエラは立ちあがった。

「わかりました。わたしなんかで慰《なぐさ》め役が務まるかは不安ですが、行ってみます」

「おう！　おっさんを頼んだぞ！」

大きく笑いながら送り出すと、マリエラはなぜか感心したような顔になって、

「……今の言い方は、いいですね。ちゃんとリスペクトがこもってました」

「……おう」


「…………」

ドミナの杖を脇《わき》に置き、ゼルはベッドに腰かける。午後の日差しが少し眩《まぶ》しかったが、もはやカーテンを閉める動作すら面倒だった。

……薄々《うすうす》、わかっていた。

ドミナはゼルと違って、学者畑の出身だった。戦闘もできないわけではないが、魔導具《まどうぐ》の作成や研究などを専業にしている身だ。戦闘に特化した数十名の魔道士に詰められてしまえば、ひとたまりもなかったことだろう。

そのへんの盗賊団や、中途半端な反社会勢力の魔道士だったら、あるいはドミナにもなんとかなったかもしれないが、ふたりが身を置いていた所は、そんな生易《なまやさ》しいものではない。

そこまでアスタに知られるわけにはいかなかったので、組織という言い方で濁《にご》したが、実際にはもっと大規模で、物騒な集団だ。

ダイヤモンド王国――この国においては侵略国家として悪名《あくみょう》高い、クローバー王国の隣接国にして非友好国。その中でも中枢《ちゅうすう》に近い機関に、ゼルとドミナは身を置いていた。重鎮《じゅうちん》ではないにしろ、他国に野放しにできるほど軽い存在でもない。そんなふたりに送りこまれた暗殺部隊は強力で、その猛威を前にしたドミナがどうなったかくらい、ゼルにはわかっていたのだ。

確かに死体は確認できていない。しかし、状況と背景が語っている。

ドミナはきっともう、死んでいるのだ。

そして、マリエラの報告を聞く前から、なんとなくそれを受け入れている自分もいた。

アスタに剣を教えたのがいい証拠だ。彼女の生を信じるというだけでは、心の支柱として弱すぎた。剣の師という居場所を確保することで自分を保《たも》つのと同時に、自分の血にまみれた経歴に、少しでも誇れるものを残したかったのかもしれない。

……いや、違う。それもあるが、彼に剣を教える気になったのは、もっと別の理由だ。

自分でも漠然《ばくぜん》とした感覚だったが、きっとゼルは、アスタに――。

「……先生、入ります」

控えめなノックからややあって、ぎこちない動きのマリエラが部屋に入ってきた。そのままゼルの後ろに回りこみ、申し訳なさそうに喋《しゃべ》りだす。

「すいません。ひとりにしてくれって言われたのに……心配になってしまって」

「……いいよ。ありがとう」

形ばかりのお礼を言うが、自分でもびっくりするくらいしゃがれた声が出てしまった。

「あのっ、先生。無理に元気になってくれなくてもいいんですけど、少しだけ、わたしの話を聞いてください」

大きく息を吸いこむのと、もじもじと身じろぎしているのが、背中越しの気配で伝わった。

「その……わたしや、他の子たちを逃がしてくれたときのこと、覚えてますか？」

「……ああ」

国外に逃がしたひとりひとりの名前、状況、どこに逃がしたか、そして別れるときの笑顔は、きちんと心のアルバムに収めている。それを思い出すことで、少しだけ自分の罪が軽くなったような思いになる、から。

「……みんなは元気にしてる？」

「……えへへ。ちょっと、笑ってくれましたね。えっと、他のみんなは」

不器用に笑いながらそんなふうに問い、マリエラがそんなふうに答え——。

そこから先に起きたことが、ゼルにはよくわからなかった。

「わたし以外、全員死にました」

「——え？」

振り向くのと同時に、背中に激痛が走った。

マリエラが、ゼルの背中に短刀を突き立てて、抉《えぐ》っていた。

「ぐ……ぅああアァっ!!」

事態を把握する前に身体が動く。マリエラから距離をとって〝斬風皇《カザキリノスメラギ》〟を発動。彼女に向けて飛ばそうとするが、

「ダイヤモンド王国から送られてきた刺客に、殺されたんですよ」

その動きすら読んでいたように、小瓶《こびん》をとり出したマリエラが、その中身をゼルの顔面め

がけてぶちまける。一瞬遅れて顔中に激痛が走り、痛みとともに視界が閉ざされた。

「っぐあああァァ！　……っあ、うぐ……なん、だ？　どういう……」

「どういうことって、こういうことですよ。さすがにこの距離で魔法を使うと読まれちゃうので、少し小細工《こざいく》をしました——そのうえで、こうさせてもらいます」

冷淡な言葉と同時、窓を突き破る音が盛大に響く。視認《しにん》することはできないが、敵意をむき出しにした人間が六人、部屋に侵入してきたのが、魔《マナ》の感知能力によって告げられた。

「こうやって王国に情報を流して、亡命者を殺処分するのが、今のわたしの仕事です。そうでもしないと、わたしも他の子みたいに、殺されちゃいますから」

吐き捨てるような言い方。抑《おさ》えていた感情とは、殺意のそれだったようだ。

「あ、でも先生は殺しませんよ。生《い》け捕《ど》りにして連れてくるように言われてますから」

……事態の把握に追いついた脳みそが、しかしその機能を停止させつつあるのがわかった。

ゼルはマリエラにハメられた。どこからどこまでが策なのかはわからないが、ゼルが精神的に追い詰められ、魔《マナ》の感知能力が鈍《にぶ》ったタイミングを突いたのだろう。感知を発動させた今となっては、二十数人の刺客たちが、そこかしこに影を潜めているのがわかった。

対してこちらは背中を刺され、薬品かなにかで目も焼かれている。

脳みそを使うまでもなく、詰んでいると理解できた。

「例の魔導戦士《まどうせんし》が実働《じつどう》段階に入るそうです。最終調整で先生のアドバイスが必要なのでしょう。先生の本来の居場所はそちらのはず……」

「……マルスだ」

放心しそうになりながらも、そこは強く否定しておく。

「あの子の名前はマルスだ。兵器かなにかみたいに呼ぶのはよせ」

「あ、はい。そういうのどうでもいいんで、おとなしく捕《つか》まってください」

マリエラが目配《めくば》せする気配。六人が魔導書《グリモワール》を構える気配。各々《おのおの》が魔法を発動する気配。

そして――。

「どるぅあああアアァァッ!!」

アスタが扉を蹴り破って、部屋に飛びこんでくる気配が、した。


「大丈夫か、おっさん! っつーかこれ、どーなってんだ⁉」

アスタはゼルにブロードソードを渡し、彼に向けて手をかざしていたひとりを大剣でぶっ飛ばす。その横にいたひとりも返す刃でぶっ叩き、窓の外へと放り出した。

「……へえ。下の階にも、何人か行くように指示しておいたんですけどね」

「ああ⁉　そんなもん全員ぶっ飛ばした……ってかマリエラ、オマエなんなんだよ⁉　おっさんを裏切りやがったのか⁉」

詳しい事情はわからないが、彼女は今、黒いローブを着た魔道士たちの中心で、悪人顔をしながら魔導書《グリモワール》を開いているのだ。どう考えても悪役の立ち姿だった。

「組織から逃がしてもらったんだろ⁉　おっさんに感謝してるんじゃなかったのかよ⁉」

「してますよ。先生に教わった戦闘方法で生き残ってこられたのは本当ですし、今も尊敬してます。だからおっさんの言い方も注意したじゃないですか」

「だったら、なんでこんなことすんだよっ⁉」

「そんなことといちいち気にしてたら、仕事ができないからです」

倒された者の穴埋めをするように、窓からふたりの魔道士が侵入し、マリエラを含めた七人が再び戦闘態勢に入る。

「そういうわけで、邪魔《じゃま》しないでもらえますか？　できれば関係ない人は殺したくないので、さっさとどっかに行ってください。知らないおっさんのために死にたくはないでしょ？」

「知ってるおっさんだっつーのっ！」

「……いや、アスタ。マリエラの言うとおりだ。君は逃げろ」

「おう！　一緒にこいつらぶっ飛ばして……って、はあっ⁉」

アスタが勢いよく振り返ると、ゼルに力強く肩をつかまれた。

「約束したろ⁉　私の教えた剣術は、君の夢のために使うって！　こんな所で知らないおっさんのために使うのは間違ってる！　早く逃げろ！」

「だから、知ってるおっさんだっつってんだろ！　そもそも、おっさんを助けるためって、べつに間違った使い方じゃねえだろ！」

「間違ったことだよ。襲撃に巻きこまれただけ、と、襲撃者を共闘して撃退した、じゃあ、大きく立ち位置が変わってくる。最悪、君に追手がいくことも考えられるんだ。私の身の上に、君を巻きこむわけにはいかない！」

そこでゼルは、少しだけ口元に笑顔を張りつけて、

「大丈夫だよ。こんな連中、君がいなくたってなんとかなる」

「……でも、刺されてるし、目も……！」

「傷は深くないよ。目はたぶん、なにかの薬でやられてるから、簡単には戻らないだろうけど、この場くらいは感知能力でカバーできる。ザッキーさんも問題なく使える。平気だ」

それが強がりに聞こえないのは、この男の実力を知っているからだったが、しかし……。

「そんなに心配なら、これを君に預けておこう」

ゼルは手探りでドミナの杖を取り、アスタに投げわたした。

「約束しよう。私は絶対にこの場を切り抜けるから、君はいつかそれを私に返しにきてくれ」

「…………」

受けとったそれと、こちらの様子《ようす》を隙《すき》なく観察する魔道士たち。そしてゼルの顔を最後に見た後、アスタは少しだけ目を閉じ、

「……約束だからな」

「ああ」

「またオレと会うまで、絶対死ぬなよな！」

「ああ」

やりとりの後、魔道士たちを睨《にら》みつけながら、アスタは出口に向かって走っていく。

「……ごめんね、アスタ」

部屋から出る直前、ゼルの口から出た言葉が、背中を押した気がした。


ごめんね、アスタ。

アスタの退室から一秒とおかずに繰り出された魔法の攻撃を、躱し、いなし、避《よ》け、それでも少しずつ身体に傷を増やしながら、ゼルは心中《しんちゅう》でもう一度アスタに謝った。

死にそうな事態に直面して、ゼルは改めて自分の本音に気がついたのだ。

自分はやはり、アスタに死に場所を求めていた。

ドミナがこの世にいなかったら、彼女を失った自分に残るのは、殺すための技術を教え続けてきたという経歴と、死ぬまで刺客に追われ続けるという未来のみだ。そんな生にしがみついていけるほど、自分は強くない。

そんなことを漠然と思っているとき、現れてくれたのがアスタだ。彼は非常に都合のいい存在だった。無垢《むく》で、ひたむきで、まっすぐで、ゼルの教えた力を正しい方向に使ってくれる。この子なら利用できる。

剣術と、自分のできなかったことと、今までゼルがしてきたことの贖罪《しょくざい》。そのすべてを彼に押しつけて、自分は死のう。いつの頃からか、なんとなくそんなふうに思っていた。

確かにドミナの死は確定的ではないかもしれない。しかしそんな小さな希望を、生きる活力にはできない。

もう、疲れた。

魔《マナ》の感知だけでこの場を乗りきれるなんて嘘《うそ》だ。短時間ならまだしも、長時間続けていたら魔力が尽《つ》きてしまう。背中の傷も、致命傷ではないにしろ軽傷というほど浅くもない。しかしそうでも言わないとアスタは動かないし、このシチュエーションも成立しない。

教え子を逃がして戦い、最後には刺客に殺されるという、この最高のシチュエーションを。

願わくば、そんな身勝手なことに利用して申し訳ないと、もう一言だけアスタに謝りたかったが、その思いすら、もうすぐ自分の存在ごと消えてなくなる。

「……いいかげん諦めてくださいよ。その出血量でどんだけ動く気なんですか」

魔法による苛烈《かれつ》な総攻撃の合間を縫《ぬ》って、マリエラの呆《あき》れ声《ごえ》も飛んできた。

「そろそろ投降してください。言ったでしょう？　死なれると困るんですよ」

「……死ねないと、私が困るんだよ」

ぼそりと言い放つ。そろそろいいだろう。形だけの抵抗は、もう――。

「やっぱりなあああアアアァッ‼」

ザバッ‼

終わりにしようと思ったそのとき、怒号《どごう》のようなアスタの雄《お》たけびと、大量の水をぶっかけられて、ゼルはベッドの上に転《ころ》がった。

「……アスタ⁉　なんで戻ってきた⁉」

「うるせえ！　それより目は⁉　見えるか⁉」

ごしごしと目を拭い、ゆっくりとあけてみると、

「めっちゃ痛い……けど、一応、見える」

最初に目に映《うつ》ったのは、足元を転がる空《から》の水桶《みずおけ》。次に映ったのは、突然の登場に怯《ひる》んだひとりに、大剣での一撃を浴びせるアスタの姿だった。

「やっぱりな！　臭《にお》いでわかったけどその汁、野草を調合して作ったやつだ！　そんなもん、そうやって水で洗うだけで落ちるんだよ！」

態勢が整う前の敵たちを次々にぶん殴りつつ、アスタは怒り口調で言った。

「そうか……って、そうじゃない！　どうして戻ってきたかを聞いてるっ！」

「アンタが嘘ついてんの丸わかりだったからだよ！　アンタ人を口車《くちぐるま》に乗せるとき、もっともらしい理屈並べ立てて、それっぽく言う癖があるからな！」

同居を申しこんだとき、打ちこみの訓練を始めたとき、他にもいろいろと思い当たる節《ふし》が頭の中を去来した。

「まさか死にたいだなんて言いだすとは思ってなかったけど、自分を犠牲にするつもりなのはわかったよ！　最初っから水桶持って戻ってくる気だったっつーの！」

「……もういいんだ、もうオレのことは放っておいてくれ！　疲れたんだよ、こういうの！」

戦う弟子の加勢もせずに、涙声でそんなことを叫んだ。我ながら最悪にみっともないとは思うが、錯乱気味に言葉を続けてしまう。

「生きていく希望がないんだ、理由がないんだ！　心残りだったことも全部君に預けた！

もういいんだ、オレにはもうなにもないんだよ！　頼むからこのまま……」

「ざっっっけんじゃねえええええエエエエェェェッ!!」

振り向きざまの一撃で思いきりぶん殴られた。体重はしっかりと膝《ひざ》に乗り、つま先も綺麗《きれい》にこちらを向いた、申し分のない一撃だった。

「生きていくのに希望なんて、理由なんて、なくて当たり前なんだよ！　そんなもん、自分で見っけていくもんだろうがっ！」

……殴られた顔以上に心が痛むのは、きっとそれが正論であるから。

間違ったことをしているという自覚が、胸の中に残っているから。

「ドミナさんのことは残念だったって思うよ。でもそしたら、次の希望を見つけられるように頑張れよ！　そんなもん、みんなそうなんだよ！」

そんなゼルに追い打ちをかけるように、葛藤《かっとう》を切《き》り刻《きざ》むように、アスタは言う。

「つーか、オレにやり残したこと預けただと!?　図々しいにもほどがあるんだよ！　まとめて全部お返しするわ！　そうすれば、まだまだやることもやり残したこともあるだろーが！」

「………！」

徐々に視界が戻ってくるのと同時に、頭のほうも冷えていくのがわかった。

生きていく希望と理由。魔力がすべてのこの世界において、魔力を持たずに生まれてきたこの少年が、そのふたつを取得するために、どれだけのものを積み重ねてきたか、ゼルは知っている。知っているはずなのに、魔力を持ち、それ以外にも戦う術《すべ》を持っているゼルは、疲れたという理由だけで、生きることを放棄《ほうき》しようとした。

すくうべき希望は、もしかしたらまだ手が届く場所にあるかもしれないというのに。

それならばオレが——私がすることは……！

「わかったら、とっとと起きてアンタも加勢……うお⁉」

締《し》めの言葉を言おうとするアスタに、窓の外から飛来した火の球が肉薄する。すかさず叩《たた》き斬《き》ったが、今度は別方向から水の槍《やり》が、さらに別方向から土の刃が、次々に飛んできた。

その合間を縫って、室内にいる魔道士たちも攻撃をしかけてくる。

「マジかよ、クソ！」

外にいる者たちも含めた総力戦へと、敵は切り替えてきたようだった。


……マジィな。

次々にくる攻撃をいなしつつ、アスタは焦っていた。自分のような素人《しろうと》が今まで彼らを圧倒できたのは、狭い室内にいる数人が相手だったのと、不意をついたことが大きい。しっかりと態勢を整え、大人数での攻撃に切り替えられた今、アスタひとりでこの場を乗りきるのは難しいだろう。

振り返ってゼルをチラ見する。彼は、まだ放心したように中空を見つめているのみだ。

……やるしかねえか。

覚悟を固めて反撃に打って出ようとした、そのとき、

「――風創成魔法〝斬風《カザキリノスメラギ》皇・凩《こがらし》〟」

ゼルの声とともに生じた無数の風の剣が、室内外の魔道士たちに向かって飛んでいった。

窓外からの攻撃は緩和《かんわ》され、代わりにいくつかの悲鳴が聞こえてくる。

「……いっきにたくさんのザッキーさんを飛ばす魔法。通称・飛《と》ぶやつ、だ」

数秒遅れて聞こえてきた声には、いつもの頼もしさが戻っていたような気がして、アスタは思わず口元をにやけさせた。

「だから、ネーミングセンス」

ブロードソードを構えたゼルは、アスタの横に並ぶ。互いの拳をコツンと打ち合わせる。

まっすぐに敵を見据《みす》える。そして――。

「みっともないところを見せたね。私はもう、大丈夫だ」

「おう。二度とすんなよ」

そんなやりとりを皮切りに、ふたりは勢いよく地を蹴った。

「おらああアアアアア!!」

　まずはアスタが、手近にいたひとりを唐竹割りの一撃でぶっ飛ばす。別方向から放たれた炎の礫《つぶて》は返す刃で切り裂き、それを放ったひとりには横からのフルスイングを叩きこんだ。もんどり打つようにして窓の外へと落ちていく男と入れ替わるようにして、さらにふたりの男が室内に飛びこんでくる。

　が、彼らが臨戦態勢に入るより早く、

「行儀《ぎょうぎ》が悪い！　スリッパを履《は》いて入れっ!!」

　ゼルは滑《すべ》りこむようにしてその前に立ちふさがり、片方には振りあげの、もう片方には横薙ぎの鋭い一撃を加えて叩き落とす。そのままの勢いで、外の敵へと風の剣を放ち始めた。

「外の敵は任せろ！　アスタは中にいるやつらをやれ！」

「マリエラ以外はもうやった！」

「入り口からも来るぞ！」

「え……って、うお!?」

　ゼルが指摘するのとほぼ同時、入り口から複数の魔法攻撃を放たれて、スライディングするようにしてベッドの陰《かげ》に飛びこんだ。

「天井にもいくつか気配がある！　油断《ゆだん》するな！」

ゼルは鋭く吼《ほ》えつつ、室内にも数本の刃を投擲《とうてき》する。まだ魔力は尽きる気配がない。が、余裕があるというほどでもない。早めに決着をつけなければ。

なんて思っていたものだから、気づくのがコンマ一秒遅くなってしまった。

「油断してるのは、あなたのほうでしょう」

マリエラの放った氷の剣が、ゼルのすぐ後ろにまで迫ってきていることに。

「っく！」

背面《はいめん》に風の剣を生成してガードしようとする。が、気配でわかる。もう間に合わな……。

「お前もなあァァ！」

氷の刃がゼルの背に食らいつく直前、アスタがそれを叩き斬り、ゼルと背中を合わせる形で室内の敵を睨みつけた。

「どうしたおっさん！　そんなもんでおしまいかよ⁉」

「……え、うん。おしまいもなにも、元教え子に背中刺されて、ボコボコにされちゃってるからね。教師生命はもう死んだよね」

「やめろよ、そういうこと言うの！　なにも言えねえよ！」

「でも、まだまだだ。まだ死ねない」

一瞬漂った情けない気配は、次の瞬間には精悍《せいかん》なそれへと変わっていた。

「おしまいにするタイミングなんて、自分で決めることだ。今はまだその時じゃないって、君に教わった。こんな連中に無理やり終わらされてたまるか」

「おうっ！　まだまだ長生きしやがれ！」

背中合わせで笑いあってから、ふたりは再び魔道士に向かって切りこんだ。


室内にやってきた敵は片《かた》っ端《ぱし》からアスタが叩き、室外の敵はゼルが刺す。魔法攻撃が大量にきたときにはアスタが守りに徹し、ゼルはその間を縫って攻撃に転じる。訓練で培《つちか》ったコンビネーションを存分に活かした猛攻に、敵は数十人から十数人に、十数人から数人に減り、

「……撤退です。しんがりはわたしがやります。怪我人《けがにん》たちの回収忘れないでください」

とうとうマリエラが、一同に向けてそんな指示を出した。

「なんだよ、ずいぶんあっさり引くじゃねえか！　さっきまでのドヤ顔はどこいったんだよ⁉」

ボロボロにはなったが、自分の戦法はプロ相手にも通用する。それがわかった嬉しさから、ついついテンション高めにそう茶化《ちゃか》すと、マリエラは忌々《いまいま》しげに眼を細め、

「『奇襲をする際には、相手の三倍以上の兵力を用意しろ。半分がやられたら戦法を変えろ。もう半分になったら退《ひ》け』――そんなふうに、誰かさんに教わったんですよ」

言ってから、ようやく止血を始めるゼルのほうを睨み据えた。

「これで終わりと思わないでください。一生追いかけまわしてあげますから」

「上等だ。私はもう、逃げることをやめる。君たちからも、自分からもな」

アスタから返してもらったドミナの杖を持ちながら、ゼルは力強く言う。

「弱気になるのももうやめだ。ドミナはきっとどこかで生きている——そう信じる。徹底的に探し回ってやるから、しっかりついてくるんだな」

「……よく言ったおっさん！　へへっ、聞いたかマリエラ!?　おっさんの加齢臭《かれいしゅう》まみれになる覚悟しとけよコノヤロー！」

「アスタ、ちょっと黙ってくれ。泣きそうだ」

ゼルは涙目になっていたが、アスタは嬉しかった。『ドミナが生きていることを信じる』と、アスタが言いたくても言えないことを、彼は自分自身で言って、それを理由として生きていこうとしているのだ。

ドミナは生きているかどうかはわからない。不謹慎《ふきんしん》を承知で言わせてもらうと、それは今の段階ではあまり大きな問題ではないのだ。

理由はなんであれ、ゼルが生きる活力をとり戻してくれたのだ。

それだけで、今は十分だ。

「……せいぜい頑張ってください」

ふたりのやりとりに、マリエラは面白《おもしろ》くもなさそうに鼻を鳴らしてから、

「それと、おっさんの言い方がかなり良くなってきました。それを忘れないように」

謎の一言を言い残して、彼女は窓の外へと消えていった。


「……本当にもう行くのかよ」

襲撃があってから二日目の朝。

「うん。敵は敵で動いてるからね。傷が治るまで、なんて言ってられないよ」

違う隠《かく》れ家《が》に拠点《きょてん》を移したゼルとアスタは、庭先で顔を向き合わせていた。

天気は良好。風は南向き。ふたりが出会ったあの日と同じ、良い日和だった。

「っていうか、本当にオレついていかなくて大丈夫か？　魔法騎士団の試験までまだあるから、しばらくつき添うくらいならできるけど」

それは何度も提案した。命を粗末にするようなことはもうしないにしても、手負《てお》いの彼をそのまま行かせるのはあまりにも心配だ。しかし、何度それを言っても、

「だから、それはダメだって。これ以上こっちに踏みこんだら、本当に君にまで追手が付き

かねない。それで迷惑するのは、君だけじゃないだろ？」

「………」

シスター、教会の子どもたち、ユノ。いろいろな人たちの顔が頭に浮かんで、思わず口をつぐんでしまった。

「それに、私は本当に大丈夫だ。君に全部返してもらったから、いろいろ生きる理由ができた――まずは、ドミナと合流する予定だったところ以外を探してみることにするよ。ほとぼりが冷《さ》めるまで、追っ手に見つかりにくい場所に身を隠しているかもしれないからね」

腰に差したドミナの杖を叩きながら言う。

「そうやってドミナの生死をはっきりさせて、生きているのなら必ず救い出す。そうしてから、今まで自分のしてきたことを償《つぐな》っていきたいと思う。どういう形でそうするかは決めてないけど、たぶん私の一生分くらいは使わないとだから、そう簡単には死ねないよ。君のおかげで、そういう覚悟ができた」

「……そっか」

わしゃわしゃと頭を撫《な》でられながらの言葉に、笑顔で頷き返す。

正直、そこまで気負う必要はないように思う。しかし、アスタが魔法帝になるという夢を諦められないのと同様、ゼルにとってはそれが譲《ゆず》れないものなのだろう。

人の生きる理由なんて、それこそ千差万別なのだ。どういう理由を選ぶにしろ、それがゼルの人生の糧《かて》になるというのなら、アスタが口を挟むべきものではない。

「さて、グダグダしてると別れが辛くなるね。それじゃあ、私はこれで」

「って、おい！　マジでそんなあっさり行くのかよ！」

言葉どおりに踵《きびす》を返していくゼルを呼び止める。彼は振り返りもせずに、

「行くよー。なにかを成《な》し遂《と》げようとする人間と、そうじゃない人間は、時間の流れが違うからね。節約できるところは節約していかないと」

「節約って……」

初めてまともに人生論を言われたと思ったのに、俗っぽい言葉がつけ足されて、なんだかげんなりとしてしまう。

「君もなにかを成し遂げる側の人間だろ？」

そう言って少しだけ振り返ったゼルは、少しだけドヤ顔を浮かべていた。

「行けよ、アスタ。成し遂げるために必要なものを、君はもう持っているはずだ」

「……ったく。こんなときだけ師匠ヅラしやがって」

そんな文句を言いながらも、微笑を浮かべている自分に気づいて、それがまたアスタ自身の笑いを誘った。

「じゃあな、おっさん！　絶対ドミナさん助けてあげろよな！」

「ああ、君も魔法騎士団に入れ！」

朝霧《あさぎり》の立ちこめる森の中。元気いっぱいに腐葉土《ふようど》を踏みしめながら。

ゼルとは反対側に向けて、アスタは走っていった。


『ブギイイィィィィィイィッ‼』

……その二秒後、いきなりそんな声が聞こえてきた。振り返ると、

「うおおおおおおォォォ‼」

先ほど別れを告げたはずの男が、イノシシに追いかけられながら、こっちに向かって全力疾走している姿が目に映った。

「アスタ、最後の修業だ！　こいつをやっつけろ！」

「自分でやれえええええェェェェ！」

アスタは焦っていた。

二《に》章《しょう》 ✿ ブラックマーケット・ブルース

「――お嬢さんの潜在的な魔力量は、すさまじいまでに多い。しかし、それを操《あやつ》るほうの技術が、魔力量の成長にまったく追いついていないように見受けられる」

〝人間の印象は会ってから数秒で決まり、その後の関係にまで大きく影響を及ぼす〟と。遠い昔、ノエルは兄であるノゼルから、そんな話をされたことがある。

人は相手を見た瞬間、それこそ数秒のうちに相手の印象を決定し、そのときに持った印象を長く持ち続けるのだ、と。

「たとえるならそう……桶《おけ》いっぱいに張った水を、ティースプーン一本で他の容器に移し替えようとしているようなものだ。普通は受け皿の成長に伴《ともな》って、その中身を汲《く》み出《だ》すほうも発達していくものだが、お嬢さんの場合は器に入っている魔力量が多すぎて、それを汲み出す技術の成長がついていかなかったようだな」

貴族や王族が平民に対して高慢に振る舞うのは、なにも性格の悪さが滲《にじ》み出《で》ている――往々にしてそういうこともあるような気もするのだが――訳《わけ》ではない。そうすることによって自分の存在を大きく見せ、暗《あん》に上下関係を示しているのだ。

「しかし僕《やつがれ》なら、お嬢さんのティースプーンをひしゃくに、コップに、水差しに、あるいは桶そのものにすることだって可能だ」

それほどまでに第一印象とは重要で、だからノエルも凜《りん》とした態度を心がけるようにしてきた。それがすべてだと思っているわけではないが、自分の経験や価値観からしても、やはり相手に抱《いだ》かせる印象は大事だと思っているからだ。

「僕はブローチ。名はブルース。見返りはとくに求めないが……強《し》いて言えば、そうだな」

——闇市《ブラックマーケット》で購入した日の夜、魔法の訓練中に、突然喋《しゃべ》り始めた謎《なぞ》のブローチ。

そんな得《え》体《たい》の知れない物体に対して、どんな第一印象を与えればいいのか、ノエルにはわからなかった。

わからなかったが、とりあえず、こちらが抱いた第一印象は。

「少しだけ、おっぱいを見せてはくれないだろうか？」

……最悪だった。


「あら、バネッサちゃん、いらっしゃい。今日《きょう》もいろいろヤバいの揃《そろ》ってるわよー」

バネッサに闇市へと連れてきてもらった日。老婆からお金を奪いとろうとした不届き者を、アスタがやっつけたその後。ノエルはバネッサとアスタとともにお買い物を続けていた。

目的はもちろん、自分の魔力を調整する魔導具《まどうぐ》を見つけるためだったが、今日のところはもういいか、なんて思い始めていた。

というのも、魔力を調節する魔導具というのは、値段や形状の違いはあれ、機能的にはほとんど同じなのだ。あとは自分に合うか合わないか。高いものを買っても合わないこともあるし、安いものがばっちりハマることだってある。要は、自分が気に入るか気に入らないかで決めてよいとのことだった。

「こんにちはー、コード。この子が魔力を調節する魔導具探してるんだけど、なんかいいのある？」

選択肢《せんたくし》は広がったが、逆に広がりすぎてよくわからない。それゆえ、あと二、三店回っていいものがなければ、今日のところは諦《あきら》めようかな、なんてことをぼそりと言ったところ、この大人びた雰囲気の美女――コードという女店主がやっているお店に連れてこられた。

彼女は各都市をまたにかけた流しの商売人らしく、魔導具を作る腕と、その人に適した魔導具を選ぶ目に関しては、他の魔導具職人より頭一つ飛びぬけているのだとか。

なんだかうさんくさいが、それを言ってしまえば、ここの人たち全員そうなのだ。最後の一店舗のつもりで、ノエルはコードの前に進み出た。

「そーねえ……その子なら、これとかこれなんかお勧《すす》めかしら」

彼女はノエルのことをじっと見てから、ディスプレイされた怪《あや》しげなアクセサリーや雑貨の中から、ふたつのものをつまみあげた。

片方は三十センチくらいの小ぶりな杖《つえ》だ。グリップの上下に凝《こ》ったデザインの彫金《ちょうきん》が施《ほどこ》されていて、全体的なフォルムもシャープでかっこいい。なかなか趣味の良い逸品《いっぴん》だ。

そしてもう片方は、

「……！」

紫水晶《アメジスト》かなにかを材質としたブローチだった。おそらくは猫を象《かたど》っているのだろうが、その完成度は高くない……というか、残念だ。目は○の中に｜を刻《きざ》んだだけのようなディティールだし、鼻や口も『適当に線を彫っておけば、なんかそれっぽく見えるでしょ？』とでも言いたげな安い造り。材料費と人件費の割合が九対一くらいの品だった。

しかし、それだけに、

（……カワイイ！）

それはおそらく、ノエル独特の感性によるものだろうが、不細工《ぶさいく》な造形が、理由もなくなんかイラッとする目が、非常に可愛《かわい》い。愛と憎《ぞう》のバランスがちょうどなのだ。小憎《こにく》たらしくて可愛いもの。子どもの落書きが小物として商品化されたようなそれは、ノエルの感性にぴ

ったりとハマりこんできた。

「ああ、そっちのブローチなら安くしとくわよ。中古だし、それにけっこう劣化もしちゃってるしね」

思っていたことが視線に出てしまったらしく、店主はそんな情報をつけ加えてくる。参考程度に聞いてみると、確かにブローチはノエルのお給料で買えるほどだったが、杖のほうは少し所持金をオーバーするものだった。とはいえノエルだって王族の端くれだ。家を出た身とはいえ、生家《せいか》に頼めば、これくらいの額なら工面《くめん》してくれるだろう。

兄であるノゼルとソリド、姉であるネブラに、嫌《いや》な顔をされながら、だが。

「……こっちのブローチ、いただくわ」

彼らの顔を思い浮かべたノエルは、半《なか》ば無意識にそう言っていた。べつに即決する必要もなかったのだが、もうけっこうな時間だし、ふたりをつき合わせるのも忍びない。

「おーい、見ろよふたりとも、この人形！　このボタン押すと、舌打ちするんだぜっ！」

というかこれ以上ここにいると、どこかのお上《のぼ》りさんがむだに散財してしまいそうだし。

「毎度ありー。ふへへ、自分で言うのもなんだけど、いい買い物したと思うわよ。ブサイクなくせして仕事してくれるから、こいつ」

手際《てぎわ》よくブローチを袋詰めにしながら、コードは機嫌《きげん》よさげに言う。

「使い方は、こいつを普通にブローチとしてつけて、いつもどおりに魔法を発動するだけ。あとは感覚で操作のしかたがわかってくると思うんだ」

えらくざっくりした説明だったが、他のお店でも似たり寄ったりだったため、とくにクレームはつけずにお金を渡し、紙袋を受けとった。

「……あ、でも。うーん、どうかしら。お嬢ちゃん可愛いから、よけいなこと教えるかも」

目深《まぶか》に被《かぶ》ったとんがり帽子の下で、コードが苦虫《にがむし》を噛《か》みつぶしたみたいな顔になるのがわかった。

「……ま、なんか変なこと言いだしても、無視していいから」

「……変なこと？」

謎のようにつけ足《た》された一言に首を傾《かし》げたが、

「なあ、この人形五千ユールだって！　オレちょっと買ってくるわ！」

「あ、ちょっと坊や。ちゃんと考えて買いなさいよね。どういう状況で使うつもりなのよ、それ!?」

どこかのお上りさんことアスタが、ニコニコしながら謎の人形を握《にぎ》りしめて走り去り、それをバネッサが追っていってしまったものだから、それに従う形になってしまった。

……変なことを言ってくる。なにかの比喩《ひゆ》だろうか？　それにしたって、もっと直接的な言い方がありそうなものだが。

なんてことは思ったものの、生まれて初めて買った魔導具に、ノエルは期待していた。

バネッサ指導のもと、地味《じみ》に魔力の訓練をしているのだが、その進捗《しんちょく》具合はどうにも芳《かんば》しくない。バネッサの教え方云々《うんぬん》ではなく、ノエル自身の感覚が他と違いすぎているのだ。

魔導具によってその違いを矯正《きょうせい》すれば、まともに魔法が使えるようになるかもしれない。

みんなの役に立てるかもしれない。

アスタにだって、もっと褒《ほ》めてもらえるかもしれない。

……最後のひとつはともかく。

その日の夜、いつものようにアジトを抜け出し、少し離れた場所までやってきて、ブローチを装着。水球《すいきゅう》を撃つ訓練を始めた。

最初のほうはいつもどおり、水球はあさっての方向へと飛んでいったが、十発目を超えたあたりで、だんだんと意思に沿《そ》うような弾道《だんどう》を描き始めた。そして三十発目を数えたあたりで、とうとうまっすぐに飛んでいった、その直後——。


「下乳《したちち》でも可」

「…………」

冒頭《ぼうとう》の発言に続いて、そのブローチは、みごとに変なことを言ってくるのだった。

「なんだ、そんな顔をして。喋るブローチがそんなに珍しいかね？」

というかブローチにそんな機能を求めて買う人はいない。

「記録として残っているかどうかはしれないが、意志のある魔導具は歴史上でも散見《さんけん》されるぞ。まあ、絶対数が少ないことは認めるがね。だから安心しておっぱいを見せてくれていい」

そして、なぜこんな変態的な発言を堂々と言えるのか。

そんな文句やらツッコミやらが頭の中をぐるぐる回ったが、それがうまく舌の上に乗らない。あまりに理解の枠《わく》を超えた出来事に、心身の反応がついていかないのだ。

「今日はまあまあだったな」

「そっすね！　途中でヤミさんが来てくれたおかげで、まあまあの負けですみました！」

「ああ。オレも今日は、魔導書《グリモワール》とか仕事の依頼を賭《か》けずにすんだわ」

「!!」

ボーッとしていると、すぐ近くで『黒《くろ》の暴牛《ぼうぎゅう》』団長・ヤミと、団員のマグナの声がしたものだから、本当に心臓が飛び出るかと思った。身を潜《ひそ》めてそちらのほうを見ると、ふたりが談笑しながら歩いている姿が夜目に映《うつ》る。どうやら、賭場《とば》かどこかからの帰り道のようだ。

「ん？　なあ、今あっちの茂《しげ》みで、なにか動く気配しなかったか？」

「ホントっすか？　オレ、ちょっと見てきます！」

「…………っ！」

そんなやりとりの後、マグナがこっちに向かってきたので、一目散《いちもくさん》に逃げてしまった。秘密の特訓がバレるのは恥ずかしかったし、それ以上に、この謎の無機物をどう説明すればいいのかわからなかったからだ。

後になって思えば、このとき彼らに相談していれば、少なくとも自分ひとりで考える以上の答えは返ってきたように思うのだが……。

ともかく、大幅に遠回りをしてアジトの自室に戻ったノエルは、改めてブローチを観察してみた。どんな角度から見たって、ブローチで、装飾品で、無機物だ。喋りだすような機能がついているようには思えない。やはりさっきのは、幻聴かなにか……。

「提案なのだが、僕の定位置は、お嬢さんの寝顔がよく見える所にするというのは……」

「いやあああアアアァァァッ！」

部屋の角めがけてブローチを全力投球した。

「なるほど。いきなり部屋に連れこむこと然《しか》り、なかなか大胆なお嬢さんのようだな。しかしいきなり投げるのはやめてほしい。それはブローチがされて嫌なことワースト5だ」

「なんなのよ、アナタ!?」

それまでの混乱をぶちまけるようにして言うと、床に転《ころ》がったブローチは極《きわ》めて冷静に、

「だから、ブローチのブルースだと言っているだろう。魔法によってさまざまな性能が付与された道具のことを、総称して魔導具というのだ。なかには喋るという機能が付随《ふずい》した魔導具があったって、おかしくはないだろう。魔力生命体、とでも考えてもらえればいい」

恐ろしく強引《ごういん》に押しきられたような気がしたが、現物を目の前にしてそんな理論を展開されると、納得する以外の選択肢を剝《は》ぎとられてしまうわけで。

「それに、僕が何者か、ということよりも、僕が君のためになにができるか、ということのほうが、お嬢さんにとっては重要な事項なのではないかね?」

「……!」

さっきと同じ調子で怒鳴《どな》り返さなかったのは、彼のその発言に対して心当たりがあったからだ。即《すなわ》ち……。

「……さっきの魔法、まっすぐに撃てたのって、アナタの力なの?」

「いかにも」

ドヤ、とばかりにチープな目が光る。もう、可愛いとは感じなくなっていた。

「先述のとおりお嬢さんは、内在する莫大《ばくだい》な魔力量に対して、それを操作しようとする技術

があまりに稚拙《ちせつ》だ。それでは本当に、桶いっぱいの水をティースプーン一本でせっせと汲み出しているようなもの。それでは小規模なことしかできないのは当たり前だ」

　これにも言い返さない。というか言い返せなかった。だって、そのとおりだったから……。

「にもかかわらず無理やり、中、大規模なことをしようとするから、水が跳《は》ねたり、零《こぼ》れたり、溢《あふ》れたりして、おかしなことになるのだ。このまま無理な訓練を続ければ、桶そのものがひっくり返る――つまり、魔力が暴走することだって考えられる。お嬢さんの持っている魔力からして、そんなことになったら大変な不利益を被《こうむ》ることになるだろう」

　ええ。あのときは本当に大変でした。死にかけました。

「要はさじ加減なのだ。必要な量の魔力を的確に汲みあげる器。お嬢さんはその器となるものがティースプーンのように小さい。しかし訓練して、ひしゃくを、コップを、水桶をと、だんだんとそれを大きくしていって、魔法によって使い分けられるようになれば、飛躍的に魔力の操作性能が向上するだろう」

　ごくり、と生唾《なまつば》を飲みこむ。同時に、ブローチと普通に会話をしてしまっている自分に少し驚いたが、そんなことなんてどうでもいいくらい、彼の次の言葉に期待してしまった。

「僕なら、その手助けをすることが可能だ」

「………！」

ノエルにはたくさんの魔力がある。しかしそこから必要な量だけを取り出すことが苦手《にがて》だ。だから、必要に応じた魔力を的確に汲みあげる器さえ身につければ、意図《いと》したことができるようになる――この変態ブローチ・ブルースの言い分は、乱暴にいえばそういうことだろう。

正直、独特な見解であるとは思う。というか、考えていたことと真逆といってもいい。膨《ぼう》大《だい》な魔力をどう抑《おさ》えるか、ということを中心に考えていたのに、汲み出す器をどのようにして大きくしていくか、ということを考えたほうがいいと言われているのだ。見当違いとまではいかずとも、すんなりと飲みこめるほど納得のいく話でもない。

しかし理論はともかく、彼（？）をつけて水球を放ったらまっすぐに飛んでいった、という実証はあるのだ。

しかも、たった三十発程度を撃《う》っただけで、それを可能にした、と。

「……本当に」

ノエルは胸に、熱いなにかがたぎっていくのを感じていた。

「本当にそんなこと……できるの？」

「お嬢さんにその気があれば、の話だがな。簡単に流れだけを説明したが、そんなに生易《なまやさ》しい道のりにはならないだろう。何度も挫《ざ》折《せつ》と敗北感を味わうことにもなる。それらすべてを乗り超えてまで力を欲《ほっ》する覚悟が、君にはあるのかね？」

「あるわ」

即答するのと同時、今までの出来事が頭のなかを巡《めぐ》っていった。

敗北感や挫折感なんて、生まれてから何度も味わってきた。何度もくじけそうになった。しかしそれでもへこたれず、両親や親戚、そして兄や姉を見返すために、必死で訓練に励《はげ》んできた。今でもそれは変わりないが、最近になってもうひとつ、努力を実らせなければならない理由ができた。

ノエルには、居場所ができた。

魔力の操作もろくにできないノエルを、そのせいで生家から見放されたノエルを、それでも温かく迎えてくれる人たちが、できた。

その恩義に報《むく》いたい。その人たちの役に立ちたい。その人たちの一員でありたい。

だからノエルは、もっと強くなりたい。

そのための扉が、今まさに目の前で開こうとしているのだ。そこに飛びこむ覚悟なんて、最初からできているに決まっていた。

ノエルの思いをどこまで汲《く》みとったかはしれないが、ブルースは不敵《ふてき》に目を輝かせて、

「……そうか。なるほど、良いふともだ」

覚悟もろもろを台なしにされた気分だ。

「そして努力を怠《おこた》らない者独特の、良い目だ。そんな目をする者が持ち主になったとき、僕はその者に対して語りかけるようにしている」

そう言うブルースの声には、先ほどノエルの覚悟を聞いたときのような厳《きび》しさもなければ、いやらしいことを言っているときのふざけた感じもない、親族に向けるような、温かみを含んだなにかがあった。

「いろいろ脅《おど》しもしたが、君ほどの魔力を持った者なら、きっと大きなことを成《な》せるはずだ。僕にできる範囲内であれば、全力でその手伝いをさせてもらおう」

「……ええ」

握手こそできなかったものの、ノエルはブルースを拾《ひろ》いあげ、胸に装着した。

第一印象こそ最悪だったが、こうして言葉を交わしあった今となっては、そんなに悪いやつではないように思えた。正体や目的はいまいち不明確だったが、ある程度の信頼は寄せてもいいのかもしれない。

「それでは最初の訓練だ。まずは僕をふとももの間に挟《はさ》んでもらおうか。話はそれからだ」

その日はブルースをベランダの冷たい所に置き、お風呂に入ってから床《とこ》に就《つ》いた。今日はいろいろあって疲れているはずなのに、なかなか寝つけなかった。

魔法が自在に操れる。そんな自分の姿を想像すると、眠気がどこかにいってしまうのだ。

というか、今日の特訓の時点で水球の操作はうまくいきそうになったのだ。最後の一回だけではあるが、まっすぐに的《まと》を捉《とら》えることができた。明日一日訓練に励めば、ものになるのではないか……。

そんな妄想を膨《ふく》らませつつ、ノエルが眠りについたのは、結局深夜になってからだった。

なんて、期待で胸をいっぱいにして迎えた、翌日の朝。

「なんでよ⁉」

場所は昨日《きのう》と同じ、アジトから少し離れた森の中のくぼ地。ノエルの放《はな》った大音声《だいおんじょう》は朝の静けさをぶち壊し、驚いた鳥たちが曇《くも》り空《ぞら》へ散っていった。

ノエルの十メートルほど先には、木炭《もくたん》で印をつけた大木がある。いつもより早起きしたノエルは、ここに来てから今にいたるまで、休まず水球を撃ち続けているのだが、

「なんで一発も当たらないのよ⁉」

「……当たり前だろう」

迷惑そうな鳥たちの鳴き声の中、ノエルの胸元につけられたブルースがため息を吐く。

「器を作ること、とは即ち、感覚をつかむこと、だ。水球を操るのはこれくらい魔力が必要、

水柱《みずばしら》を立てるのにはこれくらい、水流を迸《ほとばし》らせるにはこれくらい、と、自分の中で感覚をつかんでいくのだ。昨日、水球を操る感覚がつかめそうになったくらいで、今日いきなりうまくいくわけなんてないだろう」

「だから、その感覚をアナタが作ってくれるんじゃないの⁉」

「君は誰かの助けを借りながら一生を過ごすつもりかね。確かに僕なら器を作ってあげられるが、それはあくまで君が器を作るためのきっかけとしてだ。最終的には、君自身が僕の補助なしで感覚をつかんでいかなくてはならない。それに、僕だってそんなに魔力があるわけではないのだ。補助をするのにも限界がある」

「…………」

なにも言い返せず、口をへの字にして魔法を放つ構えをとる。確かに今のは良くなかった。うまくいかないイライラに任《まか》せて声を荒らげてしまった。

「君の最大の武器は、その膨大な魔力の量だ。それだけの量があれば、一日中訓練をすることだってできる。失敗を恐れることなく、どんどん撃ち続けるといい。かといって一発一発を疎《おろそ》かにしてはいけない。冷静に、集中して、一発一発に魂を込めるのだ」

そうだ。冷静に、集中して、一発撃つのに必要な感覚をつかんでいく。昨日の上手《うま》くいったときのことを思い出すのだ。あのときの感覚を呼び戻すように、集中……。

「そうだ……そう……おぅ、いいね。非常にいい。もう少し足を開いてみようか」

　集中、集中して、感覚を……。

「いい……いいよ。その調子だ。よし、思いきって、上着だけ脱《ぬ》いでみようか」

　ノエルはブルースを引き剝がし、的に向けてぶん投げた。


「だんだんと筋《すじ》は良くなっているように思う。しかし、僕を無理やり引き剝がすのはいただけないな。それはブローチがされて嫌なことワースト4だ」

「集中しようとしてるのに、アナタが変なこと言うからでしょ⁉」

　昼過ぎまで続いた訓練に一区切りをつけ、アジトへと戻る道すがら、ノエルとブルースはそんなかけ合いを交《まじ》えながら訓練を振り返っていた。

　ブルースからのハラスメント的な発言は続いたものの、訓練そのものはわりと順調だった。

　水球を操る感覚をつかむべく、とにかく的に向かって撃ちまくる。ときどきブルースの助力を得て正しい感覚をつかんでから、自分の感覚をそこに近づけていけるように、また撃ちまくる。

　力業《ちからわざ》な訓練方法ではあったが、がむしゃらに水球を撃ちまくっていた頃よりはるかにマシだ。道なき道を無理やり進むのではなく、きちんと整備された道を歩けるようになったのだ。

ゆっくりではあるが、目的地に向けて着実に近づいているという自覚が持てる。

「あの程度で集中を乱すとは情けない。僕を魔宮《ダンジョン》から発掘して最初に使った女性など、僕がしつこく声かけを続けたかいあって、最終的には僕をないものとして扱《あつか》っていたものだぞ。まあ、無視はブローチがされて嫌なことワースト3だから、ものすごく寂しかったがな」

「……魔宮《ダンジョン》？」

魔宮《ダンジョン》とは、超古代の人々がさまざまな目的で残した遺跡のようなものだ。多くの場合、強力な古代魔法の使用方法や、貴重な魔導具などが保管されていると聞く。

「……え、ブルース、アナタ魔宮《ダンジョン》から発掘された魔導具なの？」

「いかにも。数百年前に発掘されて以来、さまざまな人の手を渡り、最終的にはこの国でコードの手に収《おさ》まったのだ」

……地味に驚きの事実を放りこむのはやめてほしい。

「とはいえ、僕ももう老《お》いさらばえた。全盛期には僕自身が大規模な魔法を発動することもできたが、今では人の魔力の調節が関の山だし、それさえも長時間続けることはできない」

「……それって、なんとかしてその時の力をとり戻せたりとかしないの？」

もちろん、独力での魔力の操作も身に着けるつもりだったが、ブルース自身も戦力となれば、より『黒の暴牛』への貢献につながる。そういった意味で聞いたのだが、彼はなぜか意《い》

味深《みしん》な沈黙を溜《た》めてから、

「……なくはないが、現実的ではないし、君が知ったところでどうにかなることでもない。それよりも今は、君自身の魔法の研鑽《けんさん》に心血《しんけつ》を注ぐべき時だろう」

……そんな言われ方をすると、なにも言い返せなくなってしまうわけで。

「それに、水球が操作できるようになったら、今度は〝海竜《かいりゅう》の巣《す》〟の持続時間の向上訓練や小規模展開の練習も行っていかなくてはならない。やることは山積《さんせき》しているぞ」

水創成魔《みずそうせいま》法《ほう》〝海竜《かいりゅう》の巣《す》〟とは、広範囲をカバーできる半球状の水のバリアで、ノエルが唯《ゆい》一《いっ》自在に使える魔法だ。今朝一番でブルースにそれを見せたときには『……ティースプーンと巨大な水瓶《みずがめ》があるのに、どうしてその中間がないのだ』と呆《あき》れられた。自分でもそう思っている。

「それが終わったら、今度はエロい服の脱ぎ方だ。まずは上目《うわめ》遣《づか》いに相手を見て……おい、目に親指を突き立てるのはやめてくれ。それはブローチがされて嫌なことワースト2だ」

そんなわけで、ノエルにはまだやるべきことが残されている。水球の操作、〝海竜《かいりゅう》の巣《す》〟の訓練が終わっても、どんどん次の課題が浮き彫りになってくるだろう。その過程で、何度も挫折感や敗北感を味わうことになるだろう。

望むところだと、ノエルは思う。

今のノエルには仲間がいる。居場所がある。道を示してくれる者までいる。

たったひとりでがむしゃらにもがき、その姿に後ろ指をさされ、誰からも認められずに過ごしてきた少し前の自分が、心のどこかで望んでいたものが、今は丸々あるのだ。

しかし、それは自分が努力して手に入れたものではない。あくまで他の誰かから与えられたものであって、ノエルはまだなにも成《な》し遂《と》げてはいない。

そんな夢のような環境を、これからも維持《いじ》していくためには――。

「ブルース」

彼の不細工な目から親指を離し、少し咳払《せきばら》いをしてから、軽く目をそらして、

「……その、力を貸してくれて、ありがとう。これからもよろしく頼むわ」

「……急にどうしたのだ。それにまだ、僕は君になにも授《さず》けていないぞ」

「う、うるさいわね。前払いだから、とっときなさい」

それに、と、ノエルは思う。

第一印象は最悪で、その後の印象もあまり良くなくて、それでも道を示してくれることは確かで、きっとこれから長いつき合いになっていく、不思議なブローチ。

そんな彼にどこかで一言、お礼を言っておきたかったのだ。

「言われずともそのつもりだ。ビシバシ鍛《きた》えていくから、そのつもりでいたまえ」

これもどこまで意思を汲んだかは不明だったが、ブルースもどこか優しい声音《こわね》になる。

「それにお礼を言いたいのはこちらのほうだ。君が僕を購入してくれたおかげで、僕は若い女の子に一日中密着していられるのだ――ありがとう」

「……いまさらだけど、アナタってどうしてそんなに変態なの？」

「大なり小なり、男は変態な一面を持っているものだ。君が好意を寄せているアスタという少年がいるだろう？　彼だって薄皮一枚剝げばこんな感じだろう」

「べ……べつに、好意を寄せてなんて……って、え、そ、そうなの⁉」

「……ノエル、誰としゃべってるのよ？」

「‼」

いきなり上空から降ってきた声に、ノエルはハッとしながら上を向いた。

「バネッサ……」

するとそこには、箒《ほうき》に乗ってするすると下降してきたお酒好きの魔女がいて、きょとんとした顔をノエルに向けた。酒瓶《さかびん》の入った紙袋をさげているところを見ると、買い物かどこかからの帰りらしい。

……しまった。話に夢中で気づかなかったが、アジトのすぐ近くまで来ていた。

「大丈夫？　なんか、焦《あせ》ってるっていうか、必死だったっていうか……とにかく、普通じゃない感じだったけど……」

「…………」

どう答えるか少しだけ迷った。ブルースの実力は本物だと思うが、得体がいまいち知れないことも事実だ。この際、彼のことをバネッサに打ち明けて、相談に乗ってもらったほうがよいのではないか？

なんてことを思っていると、ブルースがぼそぼそとなにか言っていることに気づく。耳を傾けてみると……。

「チャンスだ、ノエル。彼女のおっぱいに僕を挟みこんでもらえるように、交渉するのだ」

セクハラ被害は自分だけに留《とど》めるべきだと判断した。

「なんでもないわ。その……独《ひと》り言《ごと》が、ちょっと大きな声で出ちゃっただけよ」

「そう。ならいいけど……あら、さっそくそのブローチつけてるのね」

話題を切り替えるようにして、バネッサはブルースに視線を振る。

「調子はどう？」

「……まあまあね」（※まあまあ最悪、という意味）

「そう……でも、気をつけたほうがいいかもしれないわよ」

そこでバネッサは、わざとらしく神妙な顔になって、

「古い魔導具って、いろいろな人の魔《マナ》が染《し》みついているのよ。中には、わるぅ～い人の魔《マナ》がついているものもあって、そういうものは……」

「災《わざわ》いを招くとされている……でしょ？　童話なんかでよく出てくるわよね」

「あら、知ってた？」

スン、と答えると、バネッサは悪戯《いたずら》がバレた子どもみたいな顔で笑った。

「ま、コードが扱ってるものだから、そんなことはないと思うけど、一応、気をつけてね～」

なんて台詞《セリフ》と酒気を残し、魔女は箒に乗ってアジトの中へと消えてしまった。

古い魔導具には災いが宿る。さっきも言ったとおり、そんな話は童話の定番だ。そんな子どもだましで怖《こわ》がるような年齢だと思われているのか、あるいはお酒が回っているのか。どちらでもよかったが、ともかく、ブルースのことがバレなくてよかった。

「……っくっくっく。バレてしまってはしかたがない。そのとおり……僕の中には根深い災いが蠢《うごめ》いている。それを振《ふ》り撒《ま》いてほしくなかったら、今すぐ僕をブラジャーの間に挟むのだ！」

無視をした。


――人間の寿命を吸いとること。

ブルースがかつてのような力を発揮する方法が、そのようなものであると知るのは、だいぶ後になってのことだった。


午後の訓練は、ブルースの強い希望によって、場所を移して行われることになった。

その場所とは、

「素晴《すば》らしい……素晴らしいぞ、ノエル。ああ、神よ！　僕は今、女子と一緒に浴場にいる！」

「あんまり大きい声出さないでよ！」

アジトの中にある共同浴場だった。

提案を聞いたとき、ノエルは有無《うむ》を言わさずブルースの目に指を突っこんだのだが、どうやら理由があってのことらしい。

「そんなことより、どうだ？　浴場のお湯を使ったほうが、ゼロからに比《くら》べて、水球が作りやすいのではないかね？」

「……まあ、確かに」

水球を作成する→飛ばす→操作する、という流れでやってきたが、水球を作るという手間を省《はぶ》けば、その分の魔力と集中力を、残りの手順に回すことができる。ついでに、浴室を壊さないように威力を落とすことによって、出力調節の訓練もできる、と。

もちろん服は着たままだが、そんな口車《くちぐるま》に乗ってしまい、のこのことやってきてしまった。

とはいえ、まあまあ彼の言うとおりに訓練が進んでいるので、強くは反論できないという現状だったのだが……。

「……これってべつに、そのへんの川とか湖とかでもできたんじゃない？」

「いや、それでは、ふだん使っている場所を壊さないようにする、という緊張感が得られないのだ」

……なんて、やはり口車に乗せられている感はあったが、ともかく、お風呂のお湯を利用して水球を作り、壁を壊さない程度の威力で打ち続けていく。水球を作る手間は省けたが、威力を調節しないといけないので、なかなかに神経を使う訓練だった。

「……ところでノエル。ここは浴場だというのに、どうして君は服を着ているのだ？」

「アナタがいるからよ」

バカげた質問だったが、無視をするとブルースが拗《す》ねてしまうことが（さっき）判明したので、きちんと答えてあげた。すると彼は『ふむ』なんて言ってから少し黙ると、

「しかし、暑いだろう？　汗もかいてしまう。脱いだほうが効率も上がると思うんだが」

「大丈夫よありがとう」

そこからさらに沈黙が続いた。お湯をすくいあげ、撃ち出していく音のみが浴室に響きわたる。

「……まあ、なんだ………とりあえず、脱ぎたまえ」

「うるさいわね！　ていうか、やっぱりそういうことが目的だったんじゃない！」

「……ああ、そうだ、そのとおりだよっ!!　確かに川でも湖でもできる訓練だ！　そもそもなんなのだ『ふだん使っている場所を壊さないという緊張感』って!?　自分で、なに言ってんだコイツ、と思っていたぞ！」

「なに開き直ってんのよ!?　こっちは真剣なんだから、ふざけないでよ！」

「こっちだって真剣に君の裸が見たかったのだ！　いいかノエル！　僕はエロいことに命を懸《か》けている！　言うなれば、エロという戦場に命を預ける武人《ぶじん》！　武人が吐く嘘《うそ》は嘘ではない！　戦略というのだ！」

「最初から最後までなに言ってるのよ、アナタっ!?」

「――あれ？　誰か先に入ってるのー？」

「あ、きっとノエルだよ！　さっき運動してたって言ってたもん！　おーい、ノエル、このアイス、お風呂で食べると倍美味《おい》しいから、食べてみ、食べてみ!?」

「!!」

水球を浮かせたまま、変態ブローチとマジ喧嘩《げんか》を繰《く》り広《ひろ》げていると、脱衣所からバネッサとチャーミーの声が聞こえてきた。ノエルは顔を真《ま》っ青《さお》にしながら、

「ちょっ、ちょっと、待って！　まだ来ないで！」

最悪、ブルースを握りつぶしてでもふたりが見えないようにする。しかし、指の間から見えてしまうかもしれないし、さっき言ったように、死ぬ覚悟でおかしな魔法を使うかもしれない。ふたりが服を脱ぐ前に、ノエルが脱衣所から出ていくしか、ふたりを守る方法はない。

「ちょっとだけそのまま待ってて！　すぐ出ていくから！」

「なになに～？　オネーサンたちふたりに、裸を見られるのが恥ずかしいってぇ？」

「むむ。まさか、お風呂でしか食べられないものを、内緒で食べている……!?」

ノエルの配慮などおかまいなしに、先輩魔道士《まどうし》のふたりがテキパキと服を脱いでいくのが、湯気で曇ったガラスに越しに見える。マズい、本当にマズい！

「待って！　本当に、待っ……あっ！」

言いかけたとき、ノエルが作ったまま放置していた水球が、掌《てのひら》を滑《すべ》り抜《ぬ》けていった。

制御を失ったそれは、すさまじい速度で蛇行《だこう》してから、

ドゴァッ!!

浴室の壁を、派手にぶち抜いた。

「………………………」

「……あ、あの、ノエル？」

パラパラと、壁の破片が落ちてくるなか、目を丸くして風穴《かざあな》を見ていると、タオルを巻いたバネッサとチャーミーが、脱衣所からひょっこりと顔を出す。

「……なんていうか、ごめん。そんなに嫌がるとは……」

「……ア、アイス、ここ、置いとく、ね？」

——そうして、ヤミに呼び出しを食らったノエルはこっぴどく叱《しか》られ、マグナから『バイオレンスノエ公』というあだ名でからかわれた後、バネッサとチャーミーからは『なにか悩みがあるなら、聞くよ？』と、本気で心配をされた。

「……なあ、ノエル。悪かったよ。真面目《まじめ》にやるから、機嫌を直してくれ、な？」

ブルースとは、数時間口をきいてやらなかった。


なんていうこともあったものの、ブルースとの訓練はその後も続いた。さすがに悪いと思ったのか、その後はふざけた訓練をすることなく、的確かつ献身的な姿勢を示してくれた。

第一印象とは裏腹に、彼は非常に頼《たよ》りになる存在だった。理論がわからないときには感覚でやり方を示してくれて、逆に感覚がつかめないときには理論的に説明をしてくれる。ブサイクなくせに仕事をしてくれる、というコードの言葉に、嘘や誇張はなかったように思えた。

「究極を言えば、女の子はそこにいるだけでエロい――先ほど思いついた言葉だ。なかなかの名言だと思うのだが、どう思うかね？」

　これでよけいなことさえ言わなければ、と、残念な気持ちになることは相変わらずだったが。

　ともかく、ブルースとの訓練を続けること、六日目の朝。

「というわけでノエル。僕はもう、君が服を着ていても、着ていなくても、エロいと感じられる境地にいたった。ゆえに君が服を着ている有意性があまりないと思うのだが、どう思うかね？」

「アナタの目がつぶれればいいと思ってるわ」

　もはやルーティンとなったかけ合いをしながら、いつものくぼ地で水球を飛ばす訓練をしている最中――。

　バキャァッ！

「…………」

　ノエルの放った水球は、印をつけた大木へと一直線に飛んでいき、その中心部を大きく食い破った。

「……ブルース……今、アナタ……力を貸してくれた？」

みしみしと、重心の偏《かたよ》った方向へと倒れていく大木を見ながら、ノエルは茫然《ぼうぜん》と訊《たず》ねる。

「……いや、今のは、僕は……なにもしていない」

同じようにぼんやりとつぶやいたブルースだったが、しかし次の瞬間、大声で叫んだ。

「やった……はは、やったぞ、ノエル！　とうとうやった！　今のは僕の力ではないっ！

君自身の力で、水球をまっすぐに飛ばしたのだ!!　はは、やった、やったぞ!!」

「～～～～っ!!」

胸の前で両方の拳《こぶし》を握る。鏡で確認したわけではないが、きっと顔もくしゃくしゃになっていたことだろう。それくらいの感情表現ですんだことを誰かにほめてほしい。本当なら、ブルースと同じ調子で歓声をあげたいところなのだから。

一発だ。たったの一発だけだったが、確かに、

「すごいぞ、ノエル！　たったの六日で……僕が少し力を貸しただけで、あとはすべて君自身の力で、成し遂げたのだ！」

魔法の操作が——今までできなかったことが、少しだけ上手にできるようになった。

「……ふ、ふん。できたって言ったって、一発だけじゃない。まだまだこれからよ」

サラリとツインテールの位置を直しながら言う。これくらい余裕よ、という雰囲気を漂《ただよ》わ

せたつもりだったが、なぜかブルースはくつくつと笑って、

「……ああ。そうだな、一発だけだ。この感覚を忘れないうちに、訓練を続けたほうがいい。泣くのはそれからでも遅くないだろう」

　言われて気づいた。目じりに少しだけ、涙が溜まっていたことに。

「こ、これは、その……木くずが、目に入ったのよ！　べつに感動してとかじゃないから！」

「おお……なんとベタな。しかし、それがいい。頼む、後生《ごしょう》だ！　その台詞に『か、勘違いしないでよね！』とつけ加えてくれ！」

「なんかよくわからないけど、絶対に嫌よ！」

「なぜだ⁉　そうすることによって完璧《かんぺき》に成立するのだ！　完全なるツンッ……」

　そこで唐突《とうとつ》にブルースの台詞がプツンと途絶《とだ》え、目からも意思の輝きが失せた。

「……ちょっと、ブルース。どうしたのよ？　ねえ」

　指先で彼を小突《こづ》くこと数秒。明滅《めいめつ》するようにして、彼の目に光が戻っていった。

「……すまない。少し意識が飛んでいた。魔力を使いすぎると、ままあることだ。ここ数日、補助をするのに使い続けていたからな。たいしたことはないから、気にしなくていい」

「気にしなくていいって……」

　魔力を使いすぎて意識が飛ぶ。魔導具のことだからよくわからないが、人間に当てはめて

考えた場合、それはたいしたことになると思うのだが……。

「――それにこの調子なら、これから君と過ごしていれば、いずれそういうこともなくなるだろう」

「……え？」

怪しい目の輝きとともに、なにやらぼそりとつけ足されたが、それに対して言及する前に、

「ノエル、こんなところにいたのかあああァァァァッ！」

「ひゃうっ！」

いきなり現れたアスタに背中をぶっ叩かれて、変な声をあげてしまった。

「ノエル！　団長が呼んで……って、なんだよお前！　すげえ顔色悪いぞ！　大丈夫か⁉」

片方の手で叩かれた場所をさすりながら、もう片方の手で頬《ほお》をさすってみた。確かに連日の訓練で疲れてはいる。とはいえ顔色を指摘されるほど無理した覚えはないのだが……。

……まあ、自分で思っているよりも疲れが顔に出ているだけだろう。その程度のことだが、言われた相手が相手だったため、少し気になってしまった。

それよりも、

「大丈夫よ。そんなことより、ヤミ団長が私を呼んでいるの？」

「お、おう、そうだった！」

アスタは思い出したように、切羽《せっぱ》詰まったような表情で、

「恵外界《けいがいかい》の村で火事だ！　水魔法を使えるやつが、近くにお前しかいないらしい！」


「なんで、こんなになるまで放っておかれてたのよ……！」

フィンラルの空間魔《くうかんま》法《ほう》〝堕天使《だてんし》の抜《ぬ》け穴《あな》〟で件《くだん》の村までやってきたノエルは、開口《かいこう》一番にそう言っていた。

村の全体、というほどではない。しかし、小規模な村の半数近くの家屋が、ごうごうと燃え盛っている様子《ようす》は、まさに村全体が焼け落ちそうな印象だった。

「恵外界の村には、通報する魔導具がねえところがほとんどだからな。ことが発覚したのも、たまたま魔《ま》法騎《ほうき》士《し》団《だん》のひとりが近くを通りかかったからだとよ」

お粗末な管理体制に対しての溜息《ためいき》と一緒に、ヤミは紫煙《しえん》を吐きだした。

「でっけえ魔法を一発ぶっ放して、爆風消火といきてえところだが、中にはまだ逃げ遅れたやつがいるらしい。消火活動に特化した騎士団が、今態勢を整えてるらしいから、そいつらが到着するまでの間、オレたちは救助にあたる」

……ということは、やはり〝海竜《かいりゅう》の巣《す》〟などで一気に消火するわけにはいかないようだ。

広範囲の火は消せても、逃げ遅れた人を瓦礫《がれき》などの巻き添えにしてしまう。

「ノエル、お前はオレたちがそうしている間に、効果的に鎮火《ちんか》しつつ延焼《えんしょう》を食い止めろ」

ヤミの黒瞳《くろめ》に見据《みす》えられて、ノエルは思わずびくりと身じろぎしてしまう。

「無茶苦茶《むちゃくちゃ》なこと言うぞ。よく訊《き》け。ノエル、すべてはお前にかかってる――今ここで、限界を超えろ」

「……！」

無責任に責任重大なことを言い残したヤミは、燃え盛る炎の中へと飛びこんでいく。目の錯覚かもしれないが、その姿は黒い煙のようなものに覆《おお》われていたような気がした。

「こ、効果的にって……！」

そんなことなんて気にしていられないくらい、ノエルは焦る。

水球をまっすぐ撃てたのは、さっきの一回だけだ。あの時の感覚を忘れないうちに、何度か練習をしていれば違ったかもしれないが、今の段階で同じことを再現できる可能性は低いだろう。そんな不安な精度のものに、人命を預けるわけにはいかない。

ブルースの力を借りようにも、彼も魔力の使いすぎで調子を悪くしているようなことを言っていた。自分だって決して本調子というわけでもない。そんなコンディションのまま、こんな大火に立ち向かっていくなんて……。

「なにやってんだあああァァァァァァッ！」

「ひうっ！」

先ほど同様、アスタに背中をぶっ叩かれて、悲鳴と一緒に混乱が飛び散っていった。

「立ち止まってる暇があったら、なんかしろ！　そうしてる時間がもったいねえっ!!」

ヤミと同様に勝手なことを言い残して、火柱の中に突っこんでいくアスタ。その背をしばし呆然《ぼうぜん》と追っていたノエルだったが、次の瞬間にはグッと拳に力をこめた。

……そうだ。立ち止まっている時間はもったいない。そんなことは、とうの昔からわかっている。だからこそノエルは、昔からひたむきに魔法の訓練を続けてきたのだ。

自分にできるかどうかはわからない。けれど、やってみなければその結果もわからない。だったら、とにかく自分のできることをしてみるべきだ。

「彼の言うとおりだ、ノエル。訓練の成果を存分に活《い》かすのだ」

ノエルが決意を固めるのと同時、ブルースの勇ましい声が背中を押す。

「といっても、今回ばかりは訓練の一環というわけにはいかないので、僕も全面的に協力させてもらう——あの火柱に向けて魔法を撃ってみろ。水球を撃つときの要領でかまわない」

言われるがまま、両手を火柱のほうへと向け、水球を放とうとすると、

「……わッ!!」

ノエルの両掌《りょうて》から放たれたのは水球などではなく、すさまじい勢いの水流だった。それが直線に近い弧を描きながら、うねりながら燃え盛る火柱へと注水《ちゅうすい》され、瞬《また》く間に火の元を消してみせた。

「ボーナスタイムだ。君の魔力のタンクに、一時的に蛇口《じゃぐち》を設けた。消費は激しいが、しばらくはこの威力の水流を出し放題にしてみた。これを放つ方向も、君の意のままだ」

「すごい……！　けど、アナタは大丈夫なの？」

ブルースも魔力の消費によって、調子を悪くしているようなことを言っていた。こんな無茶なことをして、また気絶などはしないだろうか？

「あの団長殿にも、限界を超えろと言われてしまったからな。この騒動が終わるまでくらいはなんとかしてみせるさ……ただ、」

そこでブルースの目に、再び怪しい光が灯《とも》った気がした。

「ことと場合によっては、君の今後に不利益が生じるようなことになるかもしれない。それは覚悟しておいてくれ」

それは、どういう……？　と、質問文を作ろうとしたとき、焼《や》け焦《こ》げた建物のひとつが倒れ、隣の建物へと大量の炎をぶちまけた。

「話は後だ！　ひとまず今は、この惨事《さんじ》を収めることに集中したまえ！」

「わかってるわよ！」

延焼しそうな箇所《かしょ》に水流をぶちこんでから、ノエルも火災の中心へと駆《か》けていった。


実際、ブルースの授けてくれたボーナスタイムは、ことこの場においてはすさまじいまでに役に立ってくれた。燃え盛る家々に向けて、とにかく水をぶちこみまくる。消火の知識などはないノエルだったが、ブルースが注水箇所を的確に指示してくれたことと、浴場でやった出力調整の訓練が活きたこともあって、だんだんと火の勢いは弱まっていった。

そうこうしているうちに、王都からやってきた魔法騎士団も合流し、本格的な消火活動を開始。村ひとつを飲みこもうとした大規模火災は、そうして徐々に収束《しゅうそく》していった。

「……ふぅ」

その一番の功労者ともいえるノエルは、大きなため息を吐き出しながらその場にへたりこんだ。地面は水でびちゃびちゃだったが、そんなことなんて気にならないくらい、疲れた。

水たまりに映った自分の顔を見る。なるほど、これでは確かにアスタも心配してしまうだろう。頬がげっそりとしていた。

まるでこの数日間で、魔力以外になにかも消費していたようにすら思う。たぶん、神経の使いすぎとか睡眠不足によるものだろうが。

「……どうよ。ブルース。私だって、やればできるんだから」

力ないドヤ顔を胸元の相棒へと向ける。ブルースも大いに疲れたような声で、

「ああ、やはり君は素晴らしい。最後のほうなどは僕の補助なしで、魔法を操作できそうになっていたぞ。だから……」

直後にくるであろういやらしい言葉に備える。疲れきっているのにそんなことができてしまうあたり、彼の扱いにも慣れてしまったものだ。

きっとこの先も、ずっとずっとそんな関係が続いていくに違いな――。

「もう、僕がついていなくても平気だな」

ピシッ、と。

小さな破裂音とともに、彼の小憎たらしい目に亀裂《きれつ》が入った。

「先ほどの言葉だが、僕の思いあがりだったようだ。ノエル、僕がいなくなっても、君の人生に不利益が生じることはなさそうだな」

……え？

目を起点として始まった亀裂《きれつ》は、口へ、頰へ、耳へと広がり、瞬く間に顔中をひび割れだ

らけにしていった。

「……ふむ。非常に残念だ。ギリギリなんとかなると思ったのだが、やはり老兵に限界を超えることは叶わなかったようだ。存在の維持に必要な魔力まで使ってしまった」

胸元から外《はず》す。ひび割れは止まらない。いろいろな場所を押さえてみる。やはり、止まらない。

魔力生命体である、と。彼は最初に自分のことをそう言っていた。魔力を根源にして生きる彼から、魔力が根こそぎなくなってしまったら、いったいどうなってしまうのか……。

「しかし、最後の最後で胸の張れる仕事ができた。ブローチ冥利《みょうり》に尽《つ》きるというものだ」

「な……なに言ってるのよ⁉　それより、ちょっと、これ、止める方法教えなさいよ！」

「誰かの寿命を吸いとることで、僕は力を得ることができる。しかし、ここまできてしまってはもう再生は無理だな。というかここ数十年、そうした方法をとることはやめているのだ。もちろん、君の寿命にも手をつけていないから安心したまえ。これから成長していくおっぱいを犠《ぎ》牲《せい》にするなど、武人としての恥だからな」

さらりととんでもないこと（と、よけいなこと）を聞いた気がしたが、そんなことなんてどうでもよかった。時間がたつごとに原型を失っていくこのブローチを、なんとしてでも救いたかった。

「……コ、コードさんは⁉　コードさんのところに連れていくわ！　そしたら直る⁉」

「可能性はゼロではないが、おそらくは徒労に終わるだろう。それより君の今後に関する注意点を、君のおっぱいを見ながらかっこよく語って、ゆっくり終わりたいのだが」

「聞きたくないわよ、そんなの！」

動かない足に鞭打《むちう》って立ちあがる。フィンラルを探して、コードの元へと連れていってもらうのだ。村はそんなに広くはない。走り回ればすぐに見つかるはずだ。

「――以前にも言ったように、君は近い将来、大業《たいぎょう》を成す人物になるだろう。しかしそうなっても、決しておごるな。高ぶるな。訓練していたときのひたむきな気持ちを忘れず、謙虚に生きていきなさい。そうすればきっと、周《まわ》りの者は嫉妬《しっと》ではなく、尊敬を向けてくれるだろう」

「……ねえ、ねえ！　なに勝手に喋ってるのよ！　聞きたくないって言ったでしょ！　そんなの、これからいくらでも言ってくれればいいじゃない！」

そう。これから。これからなのだ。ノエルはまだブルースと一週間も過ごしていない。しかしその一週間で、ノエルのずっと抱《かか》えてきたトラウマを打ち破ってくれた。これからもずっと一緒に過ごして、いろいろな課題を一緒に乗り越えてもらうのだ。

「努力するのは素晴らしいことだが、君は少し自分に厳しすぎるところがある。ときには頑《がん》張《ば》った自分を褒めてやりなさい。休ませてやりなさい。思いきり誰かに甘えたっていいだろう。人に弱みを見せることは、決して恥ずかしいことではない。そうして自分の気持ちに逃げ道を作ってやることが、明日への活力に繋《つな》がるのだ」

「だから！　聞きたくないって言ってるでしょ！」

第一印象が悪かったから、ついつい彼のことを邪険《じゃけん》にしてしまいがちだった。ところどころで彼の言葉を怪しいと思ってしまった。今思えばいやらしいことを言ってきたのも、距離を縮めるためにおどけていただけなのかもしれない。それなのに、雑に扱ってしまった。

「――おい、ノエル」

水球を操作できたお礼をまだ言っていない。帰ったらきちんと気持ちを伝えよう。消火に力を貸してもらったことへのお礼もまだだ。彼にはまだ、伝えるべきことがたくさんある。

「……なあ、ノエル。ああ……頼むよ」

彼を直してもらったら、改めてみんなに紹介するのだ。最初はみんな戸《と》惑《まど》うだろうが、ブルースの性格ならすぐに打ち解けるに違いない。そうしたら、彼のすごさをみんなに自慢してやるのだ。アスタあたりがブルースを欲しがるかもしれないが、どんなにお願いされても貸してあげない。ブルースはノエルのパートナーなのだから。

それから、それから……！

「――ノエル、泣かないでくれ……それは、ブローチがされて嫌なことワースト1だ」

思わず立ち止まった。握りしめていたブルースに視線を落とした。そして気がついた。

ノエルは泣いていた。

顔をくしゃくしゃにして、しゃくりをあげながら、ボロボロと泣いていた。

そんなになるまで自分で気づかなかった……わけではない。気づきたくなかった。だって泣いてしまったら、彼がいなくなることを認めてしまうような気がした、から。

「もういいのだ、ノエル。僕はブローチ。物なのだ。人に使われて朽《く》ちるために生み出された存在なのだ。願ったとおりの死が遂げられて、気に入った持ち主の懐《ふところ》で最期《さいご》を迎えられて、とても安らかな気分だ」

ノエルの頬から伝った涙を浴びながら、ブルースは、ぽつりと言う。

その声も、ノエルと同じように、少し震えていた。

「だから、ノエル、お願いだ、これ以上僕のためになにかしないでくれ。頑張らないでくれ。これ以上君を好きになってしまったら、本当に君の成長が楽しみになってしまう。死ぬのが怖くなってしまう。もういいじゃないか。適当にかっこいいことも言ったのだ。お別れの挨《あい》拶《さつ》はすませたじゃないか。お願いだ、もう、泣かないでくれ」

「――知らないわよ、そんなの!」

目をぐしぐしと拭《ぬぐ》ってから視線を元に戻す。するとはるか前方に、ヤミと談笑するフィンラルの姿が見えて、一目散に駆けだした。

「そんなの、全部アナタの都合じゃない！　そんなの私には関係ないわっ！」

足腰に力が入らず、派手に顔面からずっこけた。すぐに立ちあがって走りだす。

「まだまだアナタには働いてもらうんだから！　一生こき使ってやるんだから！　こんな所で勝手に野垂《のた》れ死《じ》にされたら困るのよっ!!」

「……そうか。はは、そうだな……諦めの悪い……そういうやつだったな、君は……」

ピシピシと、なおもその身に亀裂を刻みながら、それでもブルースは、いつもどおりのふてぶてしい声で笑った。

「ふはは、そうか！　君がそういう覚悟なら、僕もとことんつき合おう！　ノエル、なんとしてでも僕の命を助けるのだ！　はっきり言って風前の灯《ともしび》だが、こうなったら君のパンティラインを凝視するまでは死ぬものか！」

「バカなこと言ってないで、ちょっとでも魔力を温存しなさいよ！」

「おっぱいに思いっきり顔をつっこむ、でも可!!」

「だから喋らないでってば！」

フィンラルの前までたどり着く。城下町の闇市まで連れていくようにお願いする。理由を訊ねられたが、行ってから説明すると急《せ》かす。〝堕天使《だてんし》の抜《ぬ》け穴《あな》〟に飛びこむ。

「……僕の最後の持ち主が君で、本当によかった」

飛びこむ瞬間、胸元からそんな声が聞こえてきた、気がした。

「ありがとう。ノエル。おかげで僕は、最期まで笑っていられた」


「……そう。コイツ、最期にそんなこと言ってたんだ」

――ところどころに亀裂が入り、変なことを言わなくなった、紫水晶《アメジスト》のブローチ。

それを手に取ったコードは、悲しみとも疲れともつかない息をついた。

「……ごめん、なさい」

対するノエルは目を真《ま》っ赤《か》にして、コードに対して深々と頭を下げる。人ごみでひしめき合う闇市の喧騒《けんそう》は、はるか遠くに聞こえた。

〝堕天使《だてんし》の抜《ぬ》け穴《あな》〟から抜けたノエルは、そのまま闇市の入り口をくぐってコードの元へ向かった。たいして長くもない距離を全力疾走《しっそう》し、ブルースの修理を依頼したのだが――。

そのときすでに、ブルースの目からは意思の光が消えていた。

「……いや、お嬢ちゃんが謝《あやま》る必要なんてないでしょ」

こうなった経緯《いきさつ》と、彼が最期になにを言い残したか。それをノエルの下手《へた》な説明で聞き終えたコードは、それでもなにかを察したように、少し悲しげに笑ってみせる。

「だって私が、大変な現場に、狩り出したから、だから……」

再び目頭《めがしら》が熱くなってくる。実際そのとおりなのだ。いや、その前段階の問題だったのかもしれない。ノエルがもっと早く魔法を身につけていれば、ブルースは死なずにすんだかもしれない。それなのに……。

「ブローチがされて嫌なことはなっ！」

「!!」

ブルースを持ったコードが、いきなりそんなことを言ってきた。

「とかなんとか、変なこと言ってなかった？　こいつ」

「……言ってた」

「ワースト1は聞いた？」

「……聞いた」

「なんだった？」

「……泣かれること」

「はい、じゃあ泣かない」

「…………」

　ブルースの目がキラリと光った気がして、ノエルはグシグシと目を拭った。

「それに、お嬢ちゃんに話しかけたってことは、その時点でコイツ、ある程度こうなる覚悟は決めてたって思うのよねえ」

「……なんでそんなことがわかるのよ」

　あまりに無責任なもの言いに、申し訳なさから転じて怒りが芽生《めば》えてしまう。この女性に、ブルースのなにがわかるというのか。

「自分でそう言ってたからよ。自分は本当に気に入った者にしか話しかけない。それこそ、その人の一生に自分の一生を使ってもいいって思うくらい、気に入った相手じゃないとね」

　努力を怠らない目をしている者には話しかける――そういえば、いつだったか彼はそんなようなことを言っていた。定義が曖昧《あいまい》だとは思っていたが、彼の中でそういう線引きがあったらしい。だとしても、自分がその条件を満たすような人間だとは思えないが……。

「コイツほら、一応魔宮《ダンジョン》から発掘された魔導具じゃない？　今はそんなたいした機能ないけど、強かった全盛期の頃には悪用されまくったみたいでさ、そういうのに嫌気がさして、自分の中でそういうルールを作ったんだって……だから、ある程度やる気がある人じゃないと、わたしもコイツのことを売らないようにしてたんだけど……お嬢ちゃんは、きっと、コイツに気に入られすぎちゃうくらい、頑張り屋さんなのね」

細い指先が寂しげにブルースの顔をなぞる。

「まあ、そういうことよ。ブルースはお嬢ちゃんのことを気に入った。そんなブルースを、お嬢ちゃんはフルに使ってあげた。ブルースも全力でそれに応《こた》えた。その結果こういうことになっちゃったの。しかたがない……って割りきることは難しいと思うけど」

再びじわりときたが、すぐにごしごしと目を拭った。

「『最期まで笑っていられた』……って、こいつ、最期にそう言ったんでしょ？　だったらもう、それが全部だって思って、いいと思うの」

コードは少しだけ寂しそうに、けれど、力強く笑っていた。

……強いなと思った。この女性のほうが、ノエルなんかよりも長い時間、ブルースと接してきたはずなのだ。

それなのに、こんなにも前向きに彼の死を受け入れている。いつかこうなることを覚悟していたからなのか、ブルースが本懐《ほんかい》を遂げられたことを、素直に良かったと思えているからなのか、その理由まではわからないが、

「……そう、ね」

彼女もそうしているのだから、自分もそうしなければいけない、と思った。

「そう、思うことに……してみる」

「……ま、お嬢ちゃんはまだ若いんだから、そんな急いで割りきらなくてもいいのよ。ゆっくり時間をかけて、こいつが死んだことを受け入れてやりなさい」

「……若いって、そんなに違わないじゃない」

思わず苦笑してしまう。十や二十年上の人に言われるならわかるが、コードとノエルは、多めに見積もっても五歳くらいしか離れていないだろう。

「あたしは旦那と一緒にけっこういろんな経験してるからね。人生経験だけは豊富なのよ」

「……旦那？」

思わず口に出すと、コードはぎくりとした顔になって、

「……おっと、口が滑ったわ。内緒にしといてね？　独身でカワイイコードちゃん、で通ってるからさ」

「まあ、黙っておくけど……アナタ、結婚してたのね」

それで年齢以上に大人びて見えるのかと、妙なところで納得してしまう。

「まだ籍は入れてないんだけどね……っていうかアイツ、いつまでも経《た》っても迎えにきてくんないし」

「え？」

ぼそりとつけ足された一言に疑問符が浮かぶが、ノエルがそれ以上追及するよりも早く、

「なんでもないわ。それよりお嬢ちゃん、魔導具なくなって困ってるんじゃない？」

話題をそらすようにして、コードはそろばんと魔導具を持ってサッと構えた。本当に強い人なんだと、思った。

「なんてね。お代はいらないから、よかったらこれ使ってよ。たぶん、ブルースと同じくらいの仕事はしてくれると思うんだ」

「え……」

無造作に渡されたのは、最初来たときにブルースと一緒に勧められた小ぶりの杖だった。

「でも、これ、高いんじゃあ……」

「いーのよ。ふへへ、魔法騎士団に使ってもらえると、うちの店の宣伝にもなるしね」

強い、というより、強《したた》かなのかもしれない。

「それと、ブルースの最期を看《み》とってくれたお礼」

「……そういうことなら、受けとっておくわ」

少し寂しくなった胸元に視線を落としてから、もらったばかりの杖をローブの内側にしまいこんだ。前の相棒の存在感が大きすぎて、なじむまでに時間がかかってしまうかもしれないが、いつかはきっとノエルの手になじむ日がくるだろう。

それがブルースに対して申し訳ないと、ノエルは思わない。そんなことはきっとブルースは望まないし、むしろ失礼であるとすら思う。

ブルースはノエルの前進に力を貸してくれた。それをなによりの喜びとしてくれた。命まで使ってくれた。彼の死を偲《しの》ぶことは大いにする、しかし、それが足かせになるようなことはあってはならない。

だからノエルは、前進を続けるのだ。

第一印象が最悪で、その後の印象はそんなに悪くなくて、だからどこか憎めない、不思議なブローチ。

彼に対する最大の恩返しがそうなのだから、ノエルはそうするのだ。

……とはいえ。

「コードさん。ブルースの、その、亡骸《なきがら》はどうするの？」

カウンターに置かれた彼を指差すと、コードは困ったような顔になって、

「どうって……え、どうしようか？　とくに考えてないけど……」

「だったら……」

先ほど思いついた良案を、ノエルはコードに告げた。

「ノエルっ！　すげえじゃねえか、お前!!」

フィンラルと一緒にアジトの玄関をくぐると、アンチ鳥を頭にくっつけたアスタと、他の団員たちがわらわらとノエルを出迎えた。

「いつの間にあんな上手に魔法使えるようになったんだ!?　めっちゃかっこよかったぞチクショー!!」

「ああ、ノエ公が頑張ったおかげで、死人はゼロだとよ！　さすがに怪我《けが》したヤツはいたみてえだけど、あんだけでけえ火事で誰も死なせずにすむって、お前、漢《おとこ》だったんだな!!」

アスタとマグナが暑苦しく両サイドを囲んできたので、避難するように先に進むと、

「手柄《てがら》は後続の魔法騎士団に持っていかれたみてえだけど、確かに今日ばっかりはまあまあ輝いてたぞ。ああ、もちろん、マイリトルシスターの眩《まぶ》しさとは比べ物にならねえけど」

「でも、泣いてたって聞いたけど、大丈夫!?　フィンラルになんかされたんなら、あたしに言いなさい！」

マリーの写真を手にしたゴーシュと、心配そうな顔のバネッサが立ちはだかって、

「してないっつーの！　どころかオレ、ノエルの用事がすむまで二時間近くも待ってたんスからね！　闇市の入り口でさ！　七人もナンパしちゃったよ！」

フィンラルが光の速さで否定しているすきに、彼らの間を通り抜けていこうとしたら、

「ねえねえ、そんなことより、あの魔法使って僕とヤろうよ！　団長が事後処理に出てて暇なんだよー！　あさっての朝までぶっ続けでいいからさ、ね!?」

「ノエル、顔色悪いよ？　とりあえずコレ、食べてみ、食べてみ？」

ヤバい目をしたラックと、謎の食べ物を持ったチャーミーに行く手を阻《はば》まれて、げんなりとしてしまう。

ただ、なぜかノエルの顔には、他のみんなと同じように微笑《ほほえ》みが浮かんでいた。

「……べ、べつに。あれくらい普通よ」

あわてて顔を引《ひ》き締《し》め、いつものおすまし顔を作ってから、ノエルは高飛車《たかびしゃ》な口調で、

「そんなことより、お風呂に入りたいから通してちょうだい」

「そぉんなこと言わないでさ〜。オネーサンにいろいろお話聞かせて……って、あら？」

酒瓶片手にノエルに抱きついてきたバネッサは、ノエルが持っている物に気づいたようだ。

「ノエル、ブローチだけじゃなくて、結局その杖も買ったの？」

「……ええ」

ノエルが持っているのは、先ほどコードから譲《ゆず》ってもらった杖。グリップの上下に凝ったデザインの彫金が施されていて、全体的なフォルムもシャープで、

「そうなんだ……でも、あれ？　そんな水晶みたいなやつ、ついてたっけ？」

——柄尻《つかじり》に紫水晶《アメジスト》の飾り玉のついた、杖。

それを見せびらかすように顔の前に持ってきて、ノエルは少しだけドヤ顔を浮かべた。

「ちょっと加工してもらったの。いいでしょ？」

「ええ。可愛い。アナタによく似合ってると思うわ」

艶っぽいウィンクと一緒に飛ばされた言葉に、気をよくしながら浴室に向かう。

この杖がノエルの手になじむのに、きっとそんなに時間はかからない。

なんとなくだが、ノエルはそんなふうに思うのだった。


「……あ」

共有スペースを抜けようとしたあたりで、ノエルはバネッサのところまでいそいそと引き返す。そのまま視線をそらしながら、むにゅっ、と、その大きな胸に杖の柄尻を押し当てた。

「……なに、してんの？」

「……ひ、ひとつくらい、叶《かな》えてあげてもいいかな……って」

「……？」

BLACK CLOVER

1
2
3
4

三章《さんしょう》 君《きみ》の夢《ゆめ》が叶《かな》うのは

王貴界《おうきかい》、平界《へいかい》には、魔法学校という教育機関が点在している。

主《おも》に魔導書《グリモワール》を授《さず》かる前の少年少女を対象として門戸《もんこ》を開き、魔法に関する諸々《もろもろ》を知識・技術として提供する場所だ。

とはいえ、すべての学校が平等な教育環境というわけではない。王貴界の学校などは設備も講師陣も充実しているが、街から離れれば離れるほど、そのどちらも手薄になっていく。

無慈悲なようだが、魔法がすべてのこの世界において、それは当然の摂理《せつり》だ。

必要があるところには多くを用意し、そうでないところには相応のものを用意する。極《きわ》めて合理的に環境整備されていた。


「――えー、ほ、本日の授業を始める前に、皆さんに伝えておくことがあります」

平界の最北端に位置する町・リャッケ。

そこから少しでも緯度を北にずらせば、そこはもう恵外界《けいがいかい》という、平界と恵外界の境界線にあるような町だったが、しかしそこにも魔法学校はある。

先述の『合理的な環境整備』に当てはめれば、最底辺の環境にある魔法学校なのだが……。

「……その、現職の魔法騎士団《まほうきしだん》の方が、特別講師として見えています」

「!!」

朝のホームルームにて。担任教師の若い男性・ハリスからいきなり渡された朗報《ろうほう》に、教室の生徒たちはザワついた。

この最果ての魔法学校において、外部から講師が来るということ自体、相当稀《まれ》なことだった。ましてその講師が魔法騎士団——あの英雄軍の一員だというのだ。

魔法騎士団とは、魔法帝《まほうてい》直属の魔道士《まどうし》軍団のことで、クローバー王国の自治機関であり、防衛の要《かなめ》であり、全国民から敬意と羨望《せんぼう》を向けられる英傑豪傑《えいけつごうけつ》の集団。

自分たちには、決して届かないような高みにいる人たち。

「え、もしかしてさ、『金色《こんじき》の夜明《よあ》け』団の、ウィリアム・ヴァンジャンス団長とか来ちゃうんじゃね!?」

「いやいや、さすがにそんなすごい人が、こんなところまで来ないでしょ!」

「でもエルデ君がそう言うなら、そんなこともある気がしてきた!」

クラスのガキ大将的な存在——エルデと、その取り巻きのふたりが声をあげたのをきっかけに、教室中に同じような話題が広がっていった。

「『銀翼《ぎんよく》の大鷲《おおわし》』団の、ノゼル様とかだったらどうしよう⁉」

「知ってる！　めっちゃかっこいいっていう噂《うわさ》だよね！」

「どーせ来てもらうなら、オレは『碧《あお》の野薔薇《のばら》』団のシャーロット団長のほうがいいなっ！」

「いやいや！　やっぱり『紅蓮《ぐれん》の獅子王《ししおう》』団のフエゴレオン団長でしょ！」

僻地《へきち》に住んでいるとはいえ、有名どころの魔法騎士団の情報などは入ってくる。十二〜十三歳の多感な年ごろの生徒たちは『憧れのあの人』の名前を言いあって、教室中が大騒ぎとなった。

「……それでは、お入りください」

そんなどよめきの中、ハリスは少し大きめの声で教室の外へ呼びかける。どうしてそんなことになったか。そして、どうしてハリスはどこか歯切れが悪いのか。そんな疑問はひとまず放り投げて、入り口へと期待のこもった視線が集まって——。

ドガァッ‼

木製の扉を蹴破《けやぶ》る勢いで入室してきたのは、銀と黒が入り混じった髪をオールバックにまとめた青年だった。

「おうっ！」

彼は大きく肩を揺らしながら黒板の前を歩き、いかついサングラスをきらりと輝かせ、バ

シンッ！　と、教壇に手をつくと、

「特別講師のマグナ・スウィングだ！　今日《きょう》一日みっちりしごいてやっから、よろしくっ!!」

『…………………………』

（……なんかヤベエの来たっ!!）

一瞬の硬直をおいてから、生徒一同はもれなくそんなことを思った。

魔法騎士団が来る、と、ハリスは確かにそう言った。

しかし現在、一同の目の前にいるのは、

「ぅおおおおおいっ!!　シカトぶっこいてんじゃねえよゴラァァッ!?」

ヤンキーなのだ。しかも、ちょっと古いタイプなのだ。いったいなにが起こって……？

「――マグナ。いきなりでけえ声出すんじゃねえ。お前はいつもやりすぎなんだよ」

一同が強めの混乱を共有していると、入り口の向こうからそんな声が聞こえてきた。

「っつーかお前がそんな態度だと、オレまでヤバい人に見えちまうだろうが」

「うぃすざっすっ！　しゃあっせんしゃっした!!」

マグナの深いお辞儀《じぎ》に迎えられながら、身を屈《かが》めて教室に入ってきた人物に、再び一同の表情が固まる。

その男は、なんかもう、いろいろがヤバそうだった。

百八十センチを超えているだろう身体《からだ》は、ガチガチの筋肉で覆《おお》われていて、首回りもありえないほど太い。その上にどっかりと乗っているのは、殺人兵器みたいな造りの顔だ。

青年のほうがヤンキーなら、彼はそれらを統《す》べる裏社会の首領《ドン》――そんな雰囲気を持った大男の登場に、生徒全員はただ黙り、冷や汗をかきながら自分の膝《ひざ》を見ていた。

「ったく。少しは人の迷惑考えろよな。言っとくけどオレ、乙女座《おとめ》だからね？」

彼は他人の迷惑など顧《かえり》みない様子《ようす》でタバコに火をつけ、乙女だったら泣いて逃げ出すような威圧感を放ちながら、教壇に立った。

……僻地に住んでいるとはいえ、有名どころの魔法騎士団の情報などは入ってくる。主には先ほど皆が挙げたような、輝かしい記録《レコード》を持った騎士団の噂だが、もちろん、悪い噂も入ってくる。

その悪い噂の大半は、とある魔法騎士団が起こしたものであるという。

その魔法騎士団の名前は……。

「えー、こんにちは、『黒《くろ》の暴牛《ぼうぎゅう》』団長のヤミ・スケヒロです」

――この日を境として。

生徒らの魔法騎士団に抱《いだ》くイメージは、一変することとなる。

ヤミ・スケヒロとマグナ・スウィング。魔法騎士団の中でも——どころか、『黒の暴牛』の中でも顔面凶器と名高いふたりが、どうして外部講師をする運びとなったのか。

ことの発端は、数時間前のこんな会話にあった。

「……平界の魔法学校で、一日先生をする任務？」

アスタ、ノエル、ラックに魔宮《ダンジョン》攻略の任務を言いわたした後、唐突《とうとつ》にアジトへと訪れた人物の応対をするため、ヤミは共有スペースのソファに座っていた。

「ああ。魔法帝より直々《じきじき》に、私とレオに言いわたされた」

『紅蓮の獅子王』団団長・フエゴレオン・ヴァーミリオン。

お酒とお菓子を手土産《てみやげ》にやってきた彼は、ヤミの向かいのソファに腰かけつつ、そんな話を切り出した。

「へえー。すげーじゃん。熱血真面目《まじめ》大王から熱血真面目大先生にジョブチェンジかよ。語呂といいキャラといい、ハマりすぎてて怖《こえ》えな。いいよもう。ジャージとか着ちゃえよ」

「なにを言っているのかよくわからんが……ともかく、純真無垢《むく》な子どもたちと触れ合える機会だ。私も楽しみに思っていたのだが……」

機嫌《きげん》よく手土産の酒に手をつけるヤミに対して、フエゴレオンは渋い顔になり、

「今日になって、それとは別の急な任務が言いわたされてしまってな。私もレオも行けなくなってしまったのだ」

　言ってから、今度は誇らしげに笑った。

「そういうわけで喜べ、ヤミ。お前と暴牛の誰かに、私たちの代行で行ってもらうことにすると、魔法帝に言っておいた。今すぐ行ってくれ」

　ヤミはキャラにもなく、飲んでいた酒を盛大に吐き出した。

「いや、なにしてくれてんだよ⁉　ぜんぜん嬉《うれ》しい話じゃねえんだけど！」

「なぜだ⁉　この国のこれからを背負《せお》っていく三つ葉たちに、範《はん》を示してやれる貴重な機会だぞ！　私だって任務を延期してでも行きたいところだったが、そういうわけにもいかず、泣く泣くお前にお鉢《はち》を回してやったのだ！」

「究極のありがた迷惑なんだけど！　それでドヤ顔浮かべてたの⁉　すげえ腹立つ！」

　こういうことを嫌《いや》がらせではなく、心からの親切でやってしまうところが、熱血真面目大王の恐ろしいところだった。

「っつーか、人選間違えすぎだろ。なんでよりにもよって、最低最悪の騎士団に教師させようとしてんだよ」

「他に手の空《あ》いている騎士団長がいないのだ」

「そもそも外部講師の任務で、わざわざ団長クラスが出張る必要なくねえ？」

「上に立つ者ほど市井《しせい》の意見から遠ざかっていくものだ。ときには彼らの生活の中に身を投じ、生きた声を拾《ひろ》ってくるのも、団長としての重要な務《つと》めだと、私は考えている」

ヤミは思う。こういう人が組織のトップだと、きっと団員たちはすごく仕事がやりやすいのだろう。だが、それを他の騎士団にまで飛び火させるのは勘弁《かんべん》してくださいお願いだから。

「……それに実は、もうひとつ、団長クラスでないといけない理由もある」

「………？」

そんな前置きから始まった話は、確かに、その条件を納得せざるを得ない内容だった。

「……まあそういうことなら、そうだな。団長クラスってか、ある程度つえーやつにしか振れねえ仕事かもな」

「そのとおりだ。引き受けてくれる気になったか？」

「……いや、魔法帝に言っちまったんなら、そもそも拒否権ねえだろ」

あのダンナのことだ。フエゴレオンとヤミのこのやりとりを想像しながら、ニヤニヤと許可を出したに違いない。腹立つっっ。

「不満そうな顔をするな。そもそも私は、他の団長の手が空いていたとしても、お前を推薦《すいせん》していたぞ」

「いや、ますます不満な顔になる情報なんだけど」

なんていう嫌味《いやみ》を言ったものの、なぜかフエゴレオンは精悍《せいかん》な表情のまま、

「私は常々《つねづね》、お前には人にものを教える素養があると思っている。なんだかんだと不満を垂れながらも、やり遂《と》げてくれると信じているぞ」


「……あ、あの、ヤミ……先生？」

——そして話は、冒頭《ぼうとう》の教室へと戻る。

沈黙が支配する教室の中、ハリス先生はヤミに向けて怯《おび》えながら話しかけた。

「ん？」

というのも、ヤミは自己紹介の後、黒板に『自習』と板書《ばんしょ》すると、教員用の椅子《いす》にどっかり腰かけてしまったからだ。ちなみにマグナはその横で、どこからともなく取り出したバットのような魔法、愚乱怒守羅夢《グランドスラム》を肩に乗せながら、一同を威圧するように立っていた。完全に『裏社会の首領《ドン》とその横についている若いヤツ』の構図だ。

「その……授業とか、していただけないんですか？」

その質問を受けて、ヤミは黒板へと振り返ってから、強面《こわもて》をハリスに向けて、

「……え、自習って授業じゃねえの？」

「いや、まあそうなんですけど……その、せっかく魔法騎士団の方に来ていただけたので、いろいろお話を聞きたいな、なんて……」

「はぁんっ⁉　テメコラァッ⁉　ヤミさんの授業になんか文句でもあるってのか⁉」

「ひぃッ⁉」

ガツンッ！　と、マグナがバットを床に叩《たた》きつけ、ハリスは反射的に両手で頭を覆った。

「いいかテメエ⁉　ヤミさんが白だっつったら、黒いもんでも白なんだよ！　ヤミさんが食えっつったら、ミモアマゾンのダンゴトゲムシでも食うんだよっ⁉　それが今日からこの教室のルールぎゃあああアアアァァッ⁉」

「だからよぉ、お前のそのバカでけえ声のせいで、オレまで怖い人に思われたら、お前どうやって落とし前つけるつもりなの？　お前にダンゴトゲムシ食わすよ、マジで」

ヤミはマグナの頭をつかみ、片手の筋力だけで軽々と持ちあげた。いろいろ言いたいことはあるが、とりあえず、怖くない人は『落とし前』とかって言葉は使わないと思う。

なんてことを、エルデを中心とした生徒の大半が思ったとき、

「ハリス先生、だっけ？」

マグナを教室の隅《すみ》に放《ほう》ったヤミは、殺人光線みたいな視線をハリスに突き刺した。

「え、あ、はい！　すいません！　なんでもしますので、い、命だけは……！」

今度はハリスが頭を砕《くだ》かれる――そんな未来予想をした生徒たちは、若き新任教師に心の中で手を合わせたのだが、

「そうだよなー。いや、悪かった。先生なんて初めてだからさ、なにしていいかわからなかったんだけど、そっか。そういう授業にすりゃあいいんだよな」

意外なことに、ヤミはすんなりと要求を聞き入れ、黒板に書いた『自習』の文字をマグナに消させた。

「っつーわけで、なんか質問ある人いるか？」

再び椅子にふんぞりかえってしまったものの、授業を成立させるような姿勢を示す彼に、生徒一同は顔を見合わせる。

……いやしかし、と、エルデは考えてみる。ヤミは顔の造りとガタイがヤバい人なだけであって、生徒の脅威になるようなことは、一度も言っていないのだ。マグナにだけは当たりが厳《きび》しいようだが、それだってハリスを守るためにしたことだ。

ヤバい人はヤバい人だが、心は優しいヤバい人なのかもしれない。

「……え、えっと、魔法騎士団って、ふだんどんなことをしてるんですか？」

一同がそんな雰囲気を感じとる中、クラスの代表とばかりにエルデが小さく挙手をした。

それに対してヤミは、エルデに優しく笑いかけてから、

「……んー。なんだろうな。まあ、敵と戦ったり、敵と戦ったり、敵と、戦ったり……とか、うん。そういうことを、してる」

……授業を成立させる気はあっても、やる気があるわけではねえんだ。

「はい！　今までで一番大変だった任務はなんですか⁉」

「……なにか、魔法とかって教えてもらえますか？」

「魔法帝に会ったことってありますか⁉　どんな人なんですか⁉」

やる気はなさそうだが、質問そのものには答えてくれるとわかったので、一同はここぞとばかりに手を挙げた。

実際、魔法騎士団がこの町に来るなんて、またとない機会なのだ。それがあの悪名《あくみょう》高い『黒の暴牛』の団長と若いヤツであったとしても、生徒たちの好奇心は止められなかった。

それにヤミは、その光景を微笑《ほほえ》みながら見ている。マグナをいさめたときの態度といい、意外と子ども好きな一面もあるのかもしれない。

「ははっ、意外とこれ、面倒くせーな！　マグナ、お前代われ」

そんなことはないかもしれない。

「うぃっすざっす！　しゃっす！」

さっきから、マグナはなんて言ってるんだろう？　なんていう感想もろとも、再び教室の空気が凍った。ヤミは話を聞いてくれるヤバい人だが、マグナは言葉とか通じないヤバい人だ。あんなに盛りあがっていた生徒たちは、一瞬にして素《す》に戻ったのだが、

「……あともう、普通にしていいぞ。だいたいわかった」

「え、あ、そうなんすか？」

「ああ、たぶんだけどな」

「……うぃっす」

ヤミとそんなやりとりをすると、とたんにマグナの顔から剣呑《けんのん》さが抜けていった。

「悪かったな、みんな！　実はついこの前、ちょっとした任務で、敵も味方も血みどろになっちまってよー！　ちょっと気が立ってたんだ！」

（それはそれで怖《こえ》えっ！）

エルデは心の中でそんなツッコミを入れたが、教壇に立ったマグナは、意外と愛嬌《あいきょう》のある笑顔を浮かべて、

「で、なんだっけ？　今まで一番しんどかった任務？　そーだなー、一番かどうかはわからねえけど、その血みどろになった任務では、ソッシ村ってとこに新人ふたり連れていって

よぉ！」

（……え？）

そこからのマグナの態度は実にまともなもので、次々と生徒たちの質問を消化してくれた。

その豹変《ひょうへん》ぶりも含めて、最初は怖がっていた生徒たちだったが、きさくなその態度に触発されて、徐々に笑顔が見られるようになっていく。それでも不気味《ぶきみ》に思う生徒もいたが、

「いや、マグナ、お前来たときとキャラ変わりすぎじゃね？　気持ち悪いってか、怖《こえ》えんだけど。情緒不安定なの？」

「ヒデエっ！　ヤミさんがそうしろっつったんじゃないスか⁉」

「え、なんかオレに文句あんの？」

「なぃっすうぃっす！　しゃあっせんきちぁあっした！」

「……マグナ先生、それってなんて言ってるんですか？」

「ないですはい、すいません貴重なお言葉ありがとうございました、に決まってんだろ！」

「あはは、原型ねー！」

なんていう生徒を交《まじ》えたやりとりをしていくうちに、徐々にクラスの緊張がほぐれていき、それに伴《ともな》ってヤミとマグナのヤバい人な感じも消えていったように思えた。

というか、先ほどまでの『テメエら売り飛ばすぞ』的なオーラはなんだったのだろうか？

なんていう疑問は、楽しい会話の中に埋もれていって、一時限目が終わる頃には誰も気にしなくなっていた。

――ただ、この教室の中のひとりを除《のぞ》いては。

そうして迎えた二時限目。

すっかり親交を深めた一同は、ヤミの提案で校舎裏のグラウンドへと出ていって、

「ひぃ……っは……はあ……ひぃ……っ」

「……ちょっ……マジ……もう、無理！」

運動着になった生徒たちは、みんなで仲良く一丸となり、

「はい、無理とか言ったそこのやつ、五周追加な」

――ひたすら、走りこみをさせられていた。

「っていうか、なんなんですか、なにをさせられてるんですか、オレたち⁉」

「魔法学校の授業で、マラソンなんて聞いたことないっすよぉ⁉」

エルデと取り巻きが声をあげたことをきっかけに、わらわらと苦情が飛んできた。もっとも、さすがにヤミの前に立って反論するのは怖いらしく、みんな走りながらだったが。

そんな生徒たちを、ヤミは感情が死《し》に絶《た》えたような目で眺《なが》めながら、

「いや、誰か聞いたろ？　なにか魔法を教えてください、って。こういうことしてればまあ、なんとなくそれっぽい感じが出るだろうがよ。修業っぽい感じが」

「いや、魔法！　それ魔法の話！　体力の訓練とは一言も言ってないです！」

「うるせーなー。あれだよ。健全な精神ってのは、健全な……こう……あれに宿るんだよ。あの……ヤツに。うん……宿るんだよ」

「さっきから全体的にふわふわしすぎなんですけど！」

「ヤミ先生、もうやめてください！　生徒たちが倒れてしまう！」

我慢の限界だとでもいうように、ハリスが涙目になってヤミにすがりついた。

「さっきまであんなに楽しく授業をしてくれていたのに、急にどうしたんですか⁉」

「まずはある程度こっちのことを信頼させてから、だんだんと自分の思いどおりに動くようにしていく――さっきのはその第一段階だ。アンタも覚えといて損はねえぞ。こういう授業」

「それは授業ではなく犯罪の手口です！　そんなものを生徒相手に使わないでください！」

「でもほら、何人かいい感じのやついるじゃん。とくにあの金髪メガネちゃんとかさ」

タバコを挟《はさ》んだ指で差された先には、一定のペースを守って走り続ける女子がいた。魔法を教えてほしいと言ってきたのは、たしか彼女だったと思う。よく覚えてないけど、たぶん。

「ああ、彼女――アリソンは、このクラスの……いや、この学校のトップですから」

ハリスもアリソンのことを見ながら、少し誇らしげな口調になって、

「彼女は最近入学してきたのですが、座学の成績は常《つね》にトップで、魔法の扱《あつか》いにも長《た》けている。少し協調性に欠けるのがもったいないところですが、非常に優秀な生徒です」

「……ふうん」

……そんなに優秀なのに、こんな僻地《へきち》の魔法学校に入学してきた、と。

「って、それより早くやめさせてくださいってば！　本当に生徒たちが倒れます！」

「はぁぁぁぁぁぁんっ⁉　テメコラァ⁉　さっきからずいぶん、うちの大将のやることが気に食わねえみてえだなあオイィィィィィッ⁉」

「ひぃっ‼」

（ハリス先生弱《よえ》えッ！）

マグナの恫喝《どうかつ》に、頭を抱《かか》えてしゃがみこむハリス。それを見た生徒たちはそんなことを思ったが、ヤミはなにやら考えるようなそぶりを見せて、

「まあでも確かに、倒れられても困るか……楽しいのはこれからだし」

不吉なことを言ってから、生徒たちに止まれの指示を出した。

「わかったよ。じゃあ、ちょっとしたゲームに切り替えてやるから、お前らとりあえず、仲

いいやつと二人一組になれ」

なんていう指示のもと、一同は息をきらせながらも言われたとおりのペアを作った。全員がそうするのを確認してから、ヤミは紫煙《しえん》を吐き出すついでとばかりに、

「はいじゃあ、皆さんには、殺し合いを始めてもらいます」

「「「はあっ⁉」」」

エルデをはじめとした生徒一同は、確かに不吉な予感を感じてはいた。しかし、デスゲームが始まるとは思ってなかった。

「……『はあ？』って……え、なんだよみんな、したくねーの？　殺し合い」

「したくねーですよ！　なんでオレたちがやりたがってたみたいになってるんですか⁉」

「いや、だって、走りこみしたくねーって言うから……」

「走りこみしたくないから殺し合いしたくなるってなんですか⁉　それこそ情緒不安定でしょうよっ⁉」

「はぁぁぁんっ⁉　せっかくのヤミさんのお心遣《こころづか》いが気に食わねえってかコラァッ⁉」

（ヤンキーうぜええエェッ！）

なんていうイラつきも共有する一同を、ヤミはまあまあとなだめるようにして、

「殺し合いっつっても、アレだよ？　本当に殺しちゃダメだよ？」

生徒たちは、声を大にして、言いたかった。当たり前だと。

「ただ、殺し合うくらいのつもりでやれってこと。いつもよりハードな実戦訓練、くらいの感じで、やってみたらいいんじゃねーの？」

（……それなら、まあ）

戦闘からは遠い職を希望する生徒たちだったが、それでも学校のカリキュラムとして戦闘訓練はある。その延長のようなことをしろと言われているのなら、まあ……。

そんなふうにエルデが納得しようとした、そのとき、

「しかも、今回は特別に」

ボゥッ!!

ヤミが目配《めくば》せするのと同時、マグナは炎の球を大量に生み出し、肩に担《かつ》いでいたバットで素《す》振《ぶ》りを始めた。

「腑《ふ》抜《ぬ》けた勝負するやつがいたら、マグナの教育的指導が入るから、感謝するよーに」

「「「…………っ」」」

ぞっとしたような一同の視線の先で、マグナは球のひとつを手に取って、

「さっっはぁぁぁじぇろラァァァァ（※さっさと始めろ、コラ）」

「「「うわ、うわああああああああ!!」」」

火の球の千本ノックが飛《と》び交《か》う中、絶対に手を抜いてはいけない二時限目が始まった。

「——とまあ、このように、人間意外とタフにできています。そう簡単には死なねーのです」

プスプス、と、ところどころが焼け野原と化した校庭で。

授業終了までたっぷりと戦闘訓練をさせられた生徒一同は、地面に倒《たお》れ伏《ふ》しながら、ヤミの講釈を聞かされていた。

もっとも、耳で聞いていても、頭に入っているかどうかは別の話だが。

「そういうわけで、これからの人生も、なんかこう……攻《せ》めてみたらいいんじゃねえの？　って、思います——って、こんな感じのこと言っときゃあ、授業っぽい感じで締《し》まるか？」

「かぁざぁざぁっざす！　しゅっすっ!!（※完璧《かんぺき》だと思います。さすがです）」

「……あの、いい加減にしてくれますか？」

そんなことを言いながらヤミとマグナの前までやってきたのは、ひとりの女生徒——アリソンだった。涼しい顔で戦闘訓練をこなした彼女は、ヤミを睨《にら》むように見あげて、

「魔法騎士団の人が来るって聞いて、何日も前から楽しみにしていたのに、がっかりです。もう少し魔法騎士団ならではの授業っていうか、ちゃんとしたことしてください」

（おいいいいいいイイイイイイッ！　イカれてんのかあの女⁉）

（……死んだ……アリソン死んだ……ファンだったのに……）

なんていう一同の声なき声が飛び交い、案《あん》の定《じょう》、マグナはバットを地面に叩きつけ、

「はぁぁぁぁぁぁぁん⁉　テメコラァ！　オレたちがちゃんとした魔法騎士団じゃねえって言いてえぎゃあああアアアァァァァァッ！」

ヤミはアイアンクローでマグナを持ちあげてから、改めてアリソンに向き直った。

「アリソン、っつったっけ？　じゃあお前は、例《たと》えばどんなことがしてえの？」

「さっきの授業みたいのでいいです。魔法騎士団の内情とか、どこの騎士団がどういうふうな特色を持っているとか、いろいろ聞きたいので」

「ふうん。ずいぶん具体的なこと聞きたがるじゃねえか。なんで？」

「それは……べつに、どうだっていいじゃないですか。少なくとも、こんな適当なことをするよりも、有益な時間になると思います」

少しだけ視線をそらしたものの、最後にはヤミの目を見据《みす》えながら言いきった。

「そっか。まあ、そうだな。次の授業ではそういうことをしてやるけど、その前に……」

そこでヤミは、ボロボロになった一同を見まわしてから、

「お前ら、ちょっと顔とか洗ってこいよ。ひでえ汚れ方してんぞ、はは。なんで？」

(ぶっ殺してえええええエエエエエェェェェッ!)

そう思ったのは、きっとエルデだけではないだろう。一同もだんだんと、この横暴な騎士団長に恐怖以外の感情も抱くようになっていたに違いない。

「ついでにちょっと休憩もさせてやるよ。そしたらここに集合して授業再開な」

そんな指示のもと、一同は身体を引きずるようにして水飲み場へと向かう。殺意が湧《わ》いたからと言って、恐怖が薄れたわけでもないので、逆《さか》らう生徒はひとりもいなかった。

「……ところで、アリソン」

その中のひとりとなっていく彼女を、ヤミはどうでもよさげに呼び止めると、

「魔法騎士団《オレたち》が来るってことは、直前までみんなには知らせねえようにしてたんだけどさ」

「………!」

ヤミの言葉にビクリとするように、小柄《こがら》な後ろ姿が止まる。

「なんでお前、オレたちが来るって、事前に知ってたの?」

「……べつに、どうだっていいでしょう」

逃げるようにして、彼女はほかの生徒たちに混ざっていった。

ふたりがこの学校に来る数時間前。『黒の暴牛』アジトの共有スペースにて。

「ダイヤモンド王国のスパイっ⁉」

いきなりそんなことをヤミに言われて、マグナは先ほどヤミからもらった高級プリンを落としそうになってしまった。

ちなみにそのプリンは、フエゴレオンの手土産の中にあったものだ。それに釣られる形で、マグナはヤミについていくことになったのだが、それはともかく、

「ダイヤモンド王国のスパイ……が、リャッケの魔法学校に潜《もぐ》りこんでるんスか？」

「ああ。そういうタレコミが入ったらしい。そんで熱血真面目大王が、その調査をするついでに、一日先生をすることになってたんだと」

結局オレらが行くことになったけど、なんて言いながら、ヤミはソファにふんぞり返った。

「ま、戦争中の国のスパイなんて、実はいろいろな地方都市に一定の数はいるもんなんだけどね」

「そーなんすか⁉」

「うん。っていうかクローバー王国《こっち》もそういうことやってるし。非友好国同士ってのはそうやって、国の内外からお互いを監視するもんなんだと。嫌いだ嫌いだって言いながら、ついついお互いのことが気になっちまう……思春期みてえなもんだ」

「すいませんヤミさん！　後半なに言ってるかわかんねえっす！　ぐおおおお、オレの理解力がないばっかりにっ！」

「うん、ごめん、マジな感じで受けとるのやめて。オレが恥ずかしいから」

なんていうやりとりはともかく、スパイを通じて情報を得たり、あるいは意図《いと》的《てき》に流したりすることも、戦争行為の一環なのだという。

「ただ、そういうやつらにいちいちかまってたら、今度は王都《おうと》とかの主要都市の守りが手薄になっちまう。だから普通は、団長クラスが出張《でば》るってことはしねえ」

「だったら、今回はなんでわざわざ行くんすか？」

「潜りこんだ場所が場所だからな。悪影響が出たら困るだろ？　『この国のこれからを背負っていく三つ葉たち』によ」

「おお！　なんかその言い方シブいっすね！　オレもマネしていいっすか⁉」

「ダメだよ。オレが考えたんだから」

ヤミの頭の中のフエゴレオンがムッとした顔をしたが、かまわず説明を続ける。

「それに、僻地にある教育機関ってのは、国としてもなにげに重宝してんだ。そこにケチな噂がついて廃校なんてことになれば、その近くにいるガキどもは、離れた魔法学校に行くしかなくなるからな」

もっとも、その周辺に住む者たちは、都市部の魔法学校まで行く魔力もお金もないからリャッケの学校に通っているのだ。それがなくなるようなことがあれば、かなり広い地域の子どもたちが、学びたくても学べないような状況に陥《おちい》ってしまうだろう。

「あと……これはまだ裏がとれてねえ情報なんだけど、実は今、クローバー王国の各地で、ダイヤモンド王国のやつらが暴れまわってるって情報も入ってんだ」

「またあいつらは……ホント侵略好きっすね！」

「いや、それがどーやら、侵略目的ってわけでもねえらしいんだわ、これが」

村や町を襲うわけでもなければ、田畑を荒らすわけでもない。ただただ各地に出没し、戦闘行為をしたような痕跡《こんせき》を残すだけという、なんとも不気味な動きなのだという。

「ま、とにかくそういう、わけわかんねー動きもあるから、念のためにつえーヤツが様子見てこい、ってことになったんだとさ」

「……で、結局オレらは、なにすればいいんすか？」

経緯《いきさつ》はともかく、とばかりに、マグナは要点だけを抜き出したような質問を振ってきた。

ものわかりが良いというより、問題をシンプルにしたいだけだろうが、話が早くて助かる。

「そーだなあ……フエゴレオンが地味《じみ》に捜査してくれやがったおかげで、ある程度スパイの目星はついてるらしいんだけど、それでも核心まではあと一歩、って感じらしい」

「なるほど！　じゃあ、それっぽいやつを片《かた》っ端《ぱし》からボコりましょう！」

「話をシンプルにしすぎだろーが。とりあえず授業を進めながら、探《さぐ》り入れつつ揺さぶってみる、ってことを考えてたらしいよ、フエゴレオンは」

「わかりました！　それで怪《あや》しい動きを見せたやつをボコればいいんすね⁉」

「わかってねーだろなにひとつ……まあでも、お前はそんな感じでオラオラしてりゃいいよ。ひょっとしたらスパイが深読みして、なんかボロ出すかもしれねー」

「ぁかっしゃっした！　っなぁじっすか⁉（※わかりました。こんな感じですか）」

「それでいいや。なに言ってるかわかんねえけど」

そのままヤンキー語の練習を始めるマグナはほっといて、ヤミは考える。

いきなり現れた魔法騎士団に、スパイはさぞ動揺することだろう。そこで揺さぶりをかければ、確かにボロを出すかもしれない。

来ることが事前に知られている可能性もあるが、それはそれで犯人を絞《しぼ》りこむ一つの要素にはなる。来訪を知らないはずの人物が知っていた、という理由だけで、スパイだという疑いは格段に跳《は》ねあがるのだ。もしもそういう人物が現れたら、集中的に追い詰めればいいだけの話だった。

しかし。

（……なんかチマチマしてるっつーか、らしくねえんだよな）

効果的ではあるかもしれないが、核心に迫るというほどの手でもないように思う。それで相手がボロを出すかどうかはわからない。

そもそも、ただ様子を見るだけというのは、ヤミの性《しょう》に合っていない。

マグナが言ったほどの過激なことはできないにしろ、なにか面白《おもしろ》くなりそ……もとい、てっとり早く……もとい、みんなが幸せになれるような解決策はないものか。

（……ま、やってるうちになんか適当に思いつくか）

そんなふうに思考を放り出すと、ブックポーチの中から調査報告書を取り出して、適当にパラパラとめくる。

フエゴレオンに事前に渡されたそれには、ダイヤモンド王国のスパイと思われる数名の情報が載《の》っているのだが……。

「……本当にいんのかねえ。こんなカワイイ顔したやつらの中に」

「アリソンちゃん、すごいね！　ヤミ先生にあんなこと言えるなんてさ！」

ヤミによる地獄の二時限目の後。学校の水飲み場で。

アリソンはほとんど話したこともない女生徒——たしかシエラとかいう名前だ——に肩を叩かれて、思わずビクリとしてしまった。

「な、なによアナタ。いきなり肩を叩くなんて、非常識な……」

「い、いや、クラスメイトの肩を叩いて、非常識って言われたのは初めてだけど……」

よくわからない出鼻のくじかれ方をしたものの、シエラは変わらずニコニコしながら、

「アリソンちゃんが言ってくれたからさ、きっとヤミ先生も、ちゃんとした授業してくれる気になるよ！」

「……どうだかなあ」

アリソンとシエラのやりとりに水を差したのは、クラスメイトふたりを従えた男子だ。

彼ともあまり話したこともなかったが、エルデという名前だったと思う。

「生徒同士をマジ喧嘩《げんか》させるようなおっさんだぜ？　たてつかれた腹いせに、もっとおかしなことしてくるかもよ」

「そーそー。ただでさえしんどいんだから、あんまり刺激するようなこと言うなよ」

「っていうか、こんな恵外界スレスレの学校で頑張《がんば》ったって、行先なんてたかが知れてるんだからさ、意識高くしたってしょうがねえだろ？」

エルデの言葉に同調したように、取り巻きの男子たちもアリソンを責《せ》め立《た》てた。

シエラはムッとしながらエルデを睨みつけて、

「そんな言い方ないでしょ！　アリソンちゃんはみんなのために言ってくれたんだよ！　それに、さっきからエルデくんたちだって、ヤミ先生に文句言ってるじゃん！」

「面と向かっては言ってねえよ。あんなケンカ売るような言い方して、よけいしんどいことになったらどーすんだよって話。アリソンが責任とってくれるわけ？」

　エルデに意地悪な笑顔を向けられたアリソンは、なぜかはっとしたような顔になって、

「……え、あ、ごめん。なに？　ぜんぜん違うこと考えてて、聞いてなかった」

「この状況で⁉」

『絵に描いたようないじめっ子と腰巾着《こしぎんちゃく》の図』みたいなことを考えていたのだ。

「そんなことよりも、早く戻らないと叱られるわよ」

「あ、おい！」

　エルデの呼びかけにも止まることなく、アリソンは彼らの間を堂々と通り抜けていく。

「変にひっかき回すなっつってんだよ！　なにがしたいんだよ、お前！」

　その態度に腹を立てたひとりが、彼女の細い腕をつかもうとしたが、

「……え、あれ？」

　確かにつかんだと思ったのに、流水みたいな動きでするりとかわされて、大きくたたらを

踏《ふ》む形となってしまう。

当のアリソンは一度も立ち止まることなく、ヤミに向かってまっすぐに歩いていった。

「――アナタたちとは違うことよ」


「二十、二十一、二十二……おお、全員揃《そろ》っちまったか。なんだよ、ひとりも脱走兵いねえのかよ……いたらペナルティとかいって、また面白いことできたのに」

（心の声を隠すつもりがない………っ!?）

そんなエルデのイラつきなどは知る由《よし》もなく、ヤミは体育座りをする一同を見回した。

「はいじゃあ、三時限目はアリソンに言われたとおり、質疑応答《しつぎおうとう》の時間にしたいと思います」

生徒一同はほっと胸をなで下ろし、シエラをはじめとした何人かの生徒は、アリソンに向けて『よくやった！』『マジで神！』みたいな視線を送ったが……。

「と、いうわけで」

ヤミはおもむろにローブを脱《ぬ》ぎ、マグナは凶悪な顔をしながら拳《こぶし》を打ち合わせた。

「質問と勇気のある生徒は、片っ端からオレたちにかかってきてください。一発でも有効打を当てられたら、質問に答えてあげます」

「「「はああああッ!?」」」

　エルデをはじめとした生徒一同は、確かに不吉な予感を感じてはいた。しかし、命を懸《か》けた質疑応答が始まるとは思っていなかった。

「あ、有効打っつっても、アレだよ？　オレたちの身体を吹っ飛ばしたり、地面にケツをつかせるだけでいいんだよ？」

「いや、基準がどうとかじゃなくて！　な、なんですかそれ!?　オレらの知ってる質疑応答じゃないんですけど！」

　基準のハードル高《たけ》え！　なんて思いながら、エルデが反射的に応《こた》えた。アリソンにあんなことを言っておいてなんだが、これはさすがにツッコまずにはいられない。

「うるせーなー。情報ってのは本来、無償でほいほい手に入るようなもんじゃねえんだよ」

　いや、オレらはお金を払って魔法学校に入っているわけで……なんて思ったものの、それでこの反面教師の暴走が止まるとは思えない。エルデは慎重に言葉を選びつつ、

「……その、ここって、平界でも端っこのほうにある学校じゃないですか？　こんなところで魔法騎士団を目指《めざ》してるヤツなんて、いないんです。だからそんな詳《くわ》しく教えてもらっても、活《い》かせねえっつーか、ヤミ先生たちの時間をむだに使っちゃうことになると思うんすよ」

　言い終わると同時に、取り巻きふたりの脇《わき》を肘《ひじ》で小突《こづ》くと、ふたりもエルデに続くように、

「そ、そうそう。もっと都市部の学校だったら頑張る気になれたんでしょうけど、こんなところの学校だと……ねえ？」

「それに、さっきの授業で魔力も体力も使っちゃいましたし……もう、動けないですよ」

それらの意見をうんうんと聞いてから、マグナは炎の球を掌《てのひら》に作ると、

「よし、その質問受けとった!!　答えてやるから、かかってこい！」

「いやいやいや、今の違います！　質問じゃなくて意見！」

「うるせーな！　ごちゃごちゃ言ってねえでさっさとこいよ！　オレからいくかコラァ!?」

（……マジか……こいつら………っ!?）

顔を脂汗《あぶらあせ》でいっぱいにしながら、助けを求めるようにハリス先生を見る。が、

「ああ、オレはなんて無力なんだ！　生徒たちが血祭りにあげられていくのを、ただ見ているだけしかできないなんて！」

「止めろよおおォォッ！　まだ間に合うよっ！　アンタの生徒は救えるところにいるよ！」

「ゴチャっさしゃぁえぇぞラァァッ!!（※解読不能）」

ブチ切れるエルデに向けて、マグナが炎の球を投げようとしたが、

「……ああ、なんかもう、いいや、やめとく」

冷《さ》めたようにそう言いながら、ヤミがマグナの手をつかんだ。

「え、やめちゃっていいんすか!?」

「うん。だってさあ」

逃げだそうとする生徒たちをぐるりと見まわしてから、相変わらずどうでもよさげに、

「こいつら、アレでしょ？　この先もずっと、なんか適当に言いわけ作って、やんなきゃいけないことから逃げていくタイプの人たちでしょ？」

そんなことを、言った。

「…………」

……この場で間違っているのは、どう考えてもヤミだ。

質問に答える代わりにタイマンを張れだなんて、生徒をいたぶるための口実だろう。十分に断《ことわ》る権利のある、むちゃくちゃな要求だった。

……しかし。

「ちょっと煽《あお》ってやれば、闘争本能的なヤツに火がつく的なヤツになると思って、いろいろやってみたけど、そういうこともねえみてえだし。そんなヤツらになにやったって、確かに時間のむだだわな」

――言葉のひとつひとつが、なぜか生徒たちの胸に深々と突き刺さった。

平界の端にある学校にいるということは、社会的なハンデとして立派に成立するものだ。

学びたくても環境のほうが整備されていないのだから、しかたがない。

体力と魔力を消耗《しょうもう》しているということも、戦わない理由として成立するものだろう。まして相手は魔法騎士団の団長なのだ。一発当てるどころか、ボコボコにされるのは目に見えているのだから、しかたない。

しかたない。しかたない。しかたない。

自分たちは今まで、どれだけの『しかたない』を重ねてきたのだろう？

そして、これからどれだけの『しかたない』を積みあげていくのだろう？

「っていうかまあ、ぶっちゃけ教室に入ったときからわかってたけどね。ああ、こいつらの中に、頑張ってなにかをやろうってヤツなんていねえなあ、って。みんな目ぇ死んでるし」

「……………！」

今まで目をそらし続けてきた問題が、急に胸の中で膨《ふく》らんで、大事なものがたくさん詰まっているところを、押しつぶそうとしている。

ヤミのいい加減にもとれる言葉は、なぜか一同をそんな気持ちにさせていた。

「はい。じゃあ、教室戻って自習な」

ダメ押しとばかりにそう言うと、ヤミは踵《きびす》を返して校舎へと歩きだし、マグナもそれに倣《なら》った。

行ってしまう。

けれど、今まで溜《た》めた『しかたがない』が足元にまとわりついて、簡単に身体が動かない。

十数年間も積みあげたそれは、少し自尊心をあおられたくらいでは、崩《くず》れてくれない。

だけど。

……だけど！

ゴゥンッ！

「!!」

葛藤《かっとう》する一同の頭の上を、燃え盛る炎の球が通り過ぎていく。

それはものすごいスピードでヤミの背面《はいめん》へと向かい、彼に着弾《ちゃくだん》しそうになるが、

「はい引っかかったー」

振り返る勢いで放たれた裏拳《うらけん》に吹き飛ばされ、数メートル先の地面を大きく削った。

それを成《な》したヤミの右手は、黒い霧のような魔法で覆われている。

「オレの巧みな話術で、なっちまったな。闘争本能的なヤツに火がつく的なヤツに」

「最初からやるつもりでしたよ。タイミングをうかがってただけです」

魔法の威力もすごいが、それを素手《すで》でぶん殴《なぐ》るのもすごい。そんなふうに一同が唖然《あぜん》とする中、ヤミに先ほどの魔力攻撃を放った人物――アリソンは、

「最初の質問です――ヤミ先生は、なんでそんなに性格歪《ゆが》んでるんですか？」

好戦的に笑いながら、そう言った。

彼女は一撃目を外《はず》したと見るや、素早《すばや》く追撃の魔法をしかける構えをとる。

「今のは有効打じゃねえけど、特別に答えてやるよ。オレみたいにカワイイ系の男子は、周《まわ》りにチヤホヤされて育っちまったからだ」

ヤミはマグナに目配せをしながらローブを渡すと、全身を黒い霧で覆った。

「マグナ、やっぱお前、魔法で校舎とかぶっ壊れねえように見てろ。魔導書《グリモワール》もねえくせに、アイツまああつえーぞ」

「うぃっすしゃっす！」

短いやりとりを終えてから、ヤミは獰猛《どうもう》な笑顔をアリソンに向ける。

彼女は二撃目となる魔法を生成しながら、大きく息を吸いこんで、

「ぜんっっっぜん、可愛《かわい》くないんですけどおォッ！」

「うるせええエェッ！　乙女座のゆるふわ系なんだよ、オレは!!」

そうして、絶対に攻撃を当てなくてはいけない三時限目が、始まった。

「……え、今度はオレたちが、生徒と直接ケンカするんスか？」

「人聞きが悪《わり》ぃな。実戦訓練をするうえでの教育的指導、と言え」

その地獄の三時間目が始まる直前。生徒たちが水飲み場へと向かっているとき。

ヤミとマグナの間では、実はそんなやりとりが行われていた。

「今のところ、スパイにはそこまで目立った動きはねえ。このまま穏便《おんびん》にやり過ごすつもりなのかもしれねー」

誰にも聞かれていないことをもう一度確認しながら、ヤミは言葉を続けた。

「だから、このまま様子見だの揺さぶりだのしても、なにごともなく終わっちまうかもだからな。ここらで一発、デケえチャンスをスパイの野郎にくれてやる」

「……そのチャンスってのが、生徒とケンカ……実戦訓練することなんすか？」

「うん。魔法騎士団の戦闘を間近で見られる機会なんて、そうそうねえからね。ちょっとでも多くの情報を収集するために、わりと積極的に戦闘に参加してくれるんじゃねえかな」

あるいは欲をかいて、本気でヤミたちを殺すような攻撃をしかけてくるかもしれないし。

そこまで身のほど知らずなことをするとは思えないが、そうなったらとても面白……もとい、決定的な証拠になる。なんにせよ、今までとは違った反応が期待できるだろう。

「でもそれだと、オレたちに向かってくるヤツは、全員怪しいってことになりませんか？」

「おお、マグナのくせに鋭《するど》いこと言うじゃねえか」

「へへっ、やめてくださいよ！　照れるじゃねえっすか！」

「……うん、まあ、褒《ほ》めてねーけど、そのポジティブさはすげーよ」

すげーって思うだけで褒めてねーけど。

「そのへんの判断はオレがするよ。だいたい目星もついてるし、そいつがどういうつもりでケンカしてるのかなんて、動きとか呼吸とか見てりゃあ、なんとなくわかる」

目線、呼吸音、筋肉の動きや、なんとなくの気配など、人から発せられる生体エネルギーのことを総合して、ヤミの故郷では『氣《き》』と呼ぶ。

その人がなにをしたいか、どういう心理状態なのか、コンディションは良いのか悪いのか。

氣を読むことによって、さまざまな情報を感知することができるのだ。

さすがに考えていることまではわからないが、それでもどういうつもりで攻撃をしているかくらいは読むことができる。

誰がどんな攻撃をしてきても、そこに込められた思いや感情によって、スパイなのかそうでないかは絞りこめるはずだった。

「さすがヤミさんっす！　……って、え？　だったら、最初からそうしてればよかったんじゃあ……」

「うん。こういう授業をしときゃあ、たぶん一発で特定できたと思う」

「ええっ!?」

「でも最初からそういうことしちまったら、生徒たちの不満って、今ほどデカくはならなかったろ？」

　期待を込めた質問をスカされ、理不尽《りふじん》な走りこみをさせられ、仲の良い者同士でデスゲームをさせられた今。生徒たちの不満が、徐々に限界値へと近づいていることも、ヤミは氣を読むことによってしっかりと感知していた。

「なんの感情もないままやるより、敵意だの殺意だのが湧《わ》いてからやるほうが、骨のあるケンカになるって思わねえ？」

「……えーっと、すいませんヤミさん。またオレの理解力が足《た》りなくてアレなんですけど」

　もうケンカって言っちゃってるし……なんていうツッコミよりも先に、こちらをはっきりとさせておくべきだろう。

「オレらの仕事って、スパイを見つけ出すことなんですよね？」

　その質問に、ヤミは戻ってくる生徒たちを楽しげに眺めながら、

「まあ、ついでのな」

　……どっちがついで？

「……まあ、いいっす！　そこはたぶん、ヤミさんの深いお考えがあってのことだと思うんでっ！　でもスパイに目星がついてるなら、教えてもらってもいいっすか!?」

「嫌《いや》だよ。だってお前、絶対顔とかに出ちゃうじゃん」

「いや、舐《な》めないでくださいよ！　顔に出るどころか、今すぐボコボコにしてやりますよ！」

「予想の上をいくんじゃねえよ……まあでも、そんときになってぜんぜん動いてくんなくても困るから、ヒントだけ出しとくと」

そのとき、早々と戻ってきたアリソンが、少し離れたところにちょこんと体育座りをした。

「……そいつは、感情を隠すのがあんまりうまくねえヤツだ」

（……そんときは、あんまりヒントになってねえ、って思ったけど）

かくして、ヤミの思惑《おもわく》どおりに始まった『実戦訓練をするうえでの教育的指導』。

「なにがゆるふわ系ですか！　無精《ぶしょう》ヒゲ剃《そ》ってから出直してください！」

「ゆるふわ系無精ヒゲ男子だっつーの！　私生活だらしねえ感じが可愛らしいだろうが！」

矢継《やつ》ぎ早《ばや》に攻撃魔法を繰《く》り出《だ》すアリソンと、そのことごとくをぶん殴って無効化するヤミ。

ヤミは魔法を蹴散らしながら距離を詰めるが、アリソンは巧《たく》みに逃げ回って魔法を放つ。

ふたりの派手な戦闘を見ながら、マグナは妙に納得してしまった。アリソンがスパイなのであれば、なるほど確かに、敵意やら怒りやらの感情がダダ漏《も》れだ。

（……でもヤミさん。『まだ動くな』って感じで、目配せしたよな……？）

マグナにローブを渡す瞬間、ヤミはそんなサインをマグナに送った。長年のつき合いで培《つちか》ったものだ。見間違えるわけがない。

（まだ様子を見ろってことなのか……それとも、他の生徒を見張ってろってことなのか……）

ちらりと、他の生徒の様子を盗み見てみる。彼らは流《なが》れ弾《だま》を食らわないように、やや遠巻きにふたりの攻防を見ているのみだ。見ているだけで、そこに割って入るような動きは見られない。しかし、

「……って、言いやがって………！」

……と、小さなつぶやきが聞こえた後、

「好き勝手言いやがってえええええエエエエエッ！」

ひとりの少年――エルデが、なにかを吹っきったような叫び声を、あげた。

「なにが『目ぇ死んでる』だ!!　アンタの目力がヤバすぎるんだよバカヤロー！」

「そ、そーだチクショーッ！　人を殺してきた後みたいな目ぇしやがって！」

「そんな人にやる気がどうとか言われても、ヤベエ想像しかできねえんだよっ！」

エルデに続くようにして、取り巻きのふたりもそんなことを叫びながら、ヤミに向けて魔

法攻撃を始めた。

それを皮切りに、他の生徒たちも顔を見合わせ、

「……ぼ、僕たちの将来を、勝手に決めないでくださいっ!!」

「そうですよ！　わたしたちだって、頑張ってることくらいあるんです!!」

ひとり、またひとりと、戦列に加わって、

「やらなきゃいけないことから逃げてなんてないですっ！　オ、オレはこの学校で魔法の訓練を頑張って、城下町に出稼《でかせ》ぎに行って、お母ちゃんに楽させてやるんだ！」

「わたしだって、王都でお花屋さんをやりたいから、いろいろ聞きたかったのに……時間のむだなんて、ひどいです！」

——十数秒経《た》ったころには、生徒全員が一丸となって、ヤミへの集中砲火を始めていた。

（収拾つかねえっ！）

その光景に最も焦《あせ》ったのは、誰あろうマグナだ。確かにこれはヤミの意図した展開なのかもしれないが、どこにどう目線を配ってよいかがさっぱりわからない。

指示を仰ぐように、二十二方向から集中攻撃を浴びるヤミを見るが、

「ははっ、無理無理！　こんなカワイイ系に傷ひとつつけられねえようじゃ、この先なんもできねえよ！　諦《あきら》めてオレからゆるふわコーデを教わっとけば!?」

（楽しそうっ！）

……とりあえず、様子を見るしかなさそうだった。

「そんなのどうでもいいですから、もっと魔法騎士団のことを教えてください！」

大量の援護射撃が加わったことによって、ヤミへの急接近に成功したアリソンは、至近距離から炎の魔力攻撃を放つ。しかし、

「こだわるね〜、お前。なんでそんな騎士団について知りたいわけ？」

と、いともあっさりと右フックによって蹴散らされ、逆に間合いを詰められてしまう。

後退《あとじさ》って距離をあけようとした、そのとき、

「退《ひ》くなぁッ！　もう一発ぶちかませっ‼」

エルデの援護射撃が入り、一瞬だけヤミの懐《ふところ》に隙《すき》が生じた。

「………‼」

アリソンは思いきってヤミの懐に飛びこむと、渾身《こんしん》の魔力を右手に込めて、

「——魔法騎士団に、入りたいからですよ‼」

ドゴァッ‼

ほとんどゼロ距離から放たれた魔力攻撃は、ヤミの厚い胸板へと着弾し、巨大な身体を数メートル吹っ飛ばした。

「ヤミさああああん⁉　大丈夫っすかあああアアァァァッ⁉」

「……大丈夫じゃねえよ。ヒゲがちょっと焦《こ》げたっつーの。チャームポイントなのに」

ものすごい勢いで駆《か》け寄《よ》るマグナと、すぐにむくりと起きあがるヤミ。ダメージそのものは少ないようだが、確かにその身体を吹っ飛ばし、地面にお尻をつかせた。

ということは、つまり……。

「や……った……？」

呆然《ぼうぜん》としていた生徒たちだったが、誰かがそんなことをぽつりとつぶやくと、

「やった……はは、やったぁ！　マジでやっちまった！」

「アリソンちゃんすごーいっ‼」

「すげえ、ホントにすげえ‼　魔法騎士団団長に、一発当てちゃったぞ‼」

弾《はじ》けんばかりの喝采《かっさい》が巻き起こって、それがアリソンを取り囲んでいく。

しかし当のアリソンは、なぜか顔を真《ま》っ赤《か》っかにして立ちすくんでいた。

「……わ、わたし、今、ま、魔法騎士団に入りたいって、言った？」

「うん！　おっきい声で言ってたよ！　そーなんだね、だからそんなに強いんだね！」

ぽむぽむと背中やら肩やらを叩くシエラに向けて、アリソンはものすごい剣幕《けんまく》で、

「いや、言ってないからっ‼」

「すごい事実の捻《ね》じ曲《ま》げ方だね！　べつに隠さなくったっていーじゃん！　かっこいいよ！」

「だ……だって……」

アリソンはエルデをチラ見して、

「『こんな最果《さいは》ての学校で魔法騎士団目指してるヤツなんているわけねーし、いたとしたら、そいつただのバカだろ』って……言ってる人が、いたから……」

「っう………！」

一同の冷ややかな視線がエルデに突き刺さり、取り巻きの二人はそそくさと距離をおいて、

「……え、エルデくん、そんなこと言ったの？　ないわー」

「うわ、サイテー。人として恥ずかしくないの？」

「お前らこそ恥ずかしくねえのかよ!?　そのスタンスの軽さっ！」

「……けど、その意見は、間違ってないと思う」

アリソンは誰にともなく、悲しげな口調で言う。

「この学校って、教わりたいことの教材がないことなんてザラだし、先生に聞いたってわからないこと多いし……だからって先生とか学校を責めてるわけじゃないけど……でもやっぱり、こういうところでは、分相応な夢に切り替えないと、しんどいだけなのかな……って」

「…………」

生徒たちの顔からだんだんと笑顔が失《う》せていく。みんなでなにかを成し遂げたという高揚《こうよう》感《かん》が消え、変わりようのない現実が押し寄せていたのだ。

実際、平界の魔法学校に通う生徒に、魔法騎士団を目指す者などは圧倒的に少ない。学校への志望動機は『少しでもマシな職業に就《つ》くため』や『家事を楽にするため』など、生活に根差した者が大半を占めるのだ。

自分たちのようなものには、そして、『合理的な環境整備』をされたこの地では、上を目指すことなんて無理だと、暗《あん》に理解している、から……。

「……でも」

そんな空気をもたらしたアリソンだったが、今度はそれをかき消すように、みんなを見回した。

「……わたしたちでも本気になれば、絶対無理だって思ってたようなことでも、なんとかなっちゃうんだ、って……今、思った」

アリソンは右の掌を見る。魔法の熱と、あのときに感じた達成感が、まだ残っていた。

それを再確認してから、アリソンはエルデを見て、

「……だ、だから、バカにされてもいいけど……目指すから、魔法騎士団」

「……お、おう。べつに、バカにしねーし」

そんなふうに締《し》めくくってから、アリソンは恥ずかしそうに笑うと、エルデもバツが悪そうに笑った。

それを見た生徒たちにも、徐々に笑顔の波紋が広がっていく。

確かにこの魔法学校は、ほかの学校と比《くら》べたら、教材も設備も整っていないかもしれない。

しかしそれを理由にして、夢をあきらめたり目標を変えたりするのでは、ただの言《い》い訳《わけ》になってしまう。

ものがないならないなりの努力をする。環境が整っていなくても、その中でできることを探していく。

しかたがないと割りきるのは、そうした後だって、決して遅くはないはずだ。

「……って、まんまとその人の口車《くちぐるま》に乗せられちゃったのは、ちょっと悔《くや》しいけどね」

一同の共通認識が少しだけ前向きなものへと変わったところで、アリソンが一同の背後に向けて言う。

するとそこには、ニヤニヤと笑うヤミとマグナが、いつの間にかやってきていた。

「でも、ありがとうございました、ヤミ先生。そういうことが言いたかったんですよね？」

「……ああ」

振り向いた生徒たちひとりひとりの顔を見ながら、ヤミは優しく言って、

「うん、そういう、あの……そう、それな」

（そこ絶対ふわふわしちゃダメだろ………！）

エルデはそう思い、きっとほかの生徒たちも同じことを思った。

「ンなことより、教室戻るぞ。ちゃんと約束どおり、普通の質疑応答してやんよ」

なんて言いつつ回れ右をして、ヤミはマグナとともに校舎へ戻っていく。

なんだかんだ言いながらも、その後ろ姿は、さっきよりも優しい雰囲気を宿しているように思えるのは、アリソンの気のせいではないと思う。

「普通の……って、もう、さっきまでのが異常だって認めちゃうんですね」

アリソンがツッコミながらついていくと、他の生徒たちは顔を見合わせてから、ひとり、またひとりとその後ろについていった。

さっきの授業の時のように、いやいや行くのではなく、きちんと自分の意志で、自然と笑いながら、ついていった。

「うるせーなー。そのへんはあいまいにしとくのもカワイイテクニックなんだよ。小悪魔的《コケテイッシュ》な魅力でメロメロだろうが」

「悪魔的な顔力にゾッとしてるんですが」

「はぁぁぁぁぁぁん⁉　ヤミさんの顔が悪魔だとッ！　舐めてんじゃねぇよ！　どっからど

う見たって大魔王の顔ぎゃあああああああああアアアァァァッ！」

マグナはヤミにアイアンクローを食らった。最初は殺人現場を見せられたように戦慄《せんりつ》していた生徒たちだったが、もうすっかりと見慣れてしまい、今では軽い笑いまで起きている。何人かはひきつったように笑っていたけれど。

「——ところでさ、もう物騒な授業終わってるから」

そんな和気あいあいとした空気の中、ヤミはこともなげに後ろを振り向いて、

「シレッとついてきながら、オレに魔法撃とうとすんのやめてくれる？　ハリス先生」

「!!」

一同は弾かれたようにヤミの視線の先を見る。すると確かに、さりげなく生徒の中に紛れこんでいたハリスが、

「……え？」

——一同から隠すようにして、魔導書《グリモワール》を開いていた。

「……っていうか、この距離感で魔法なんて撃ったら、何人か巻き添えになって死んじゃうよ。アンタのカワイイ生徒がさ」

「……な、なにを言ってるんですか？　オレはただ、生徒たちになにかあってはいけないと思って、いつでも魔法を放てるように準備をしていただけで……」

「ふうん。ケンカが終わった後なのに、まだそんなガチガチに構えてんの？」

ヤミが一歩詰め寄ると、ハリスは一歩後退する。

彼の童顔には、脂汗《あぶらあせ》がびっしりと浮かんでいた。

「っつーか、ケンカが終わった後だから、か。オレの隙だらけのカワイイ背中見てたら、ひょっとしたら自分でも殺《や》れちゃうかもー、とか、思っちゃった？」

「だ、だから、なにを言ってるんですか？　それに、今いきなり構えたわけじゃないです！　最初からずっと、なにがあっても対応できるようにしていましたよ！」

「でも今、明らかに殺意も魔力も膨れあがったよね？　なんで？」

「そ……それは………！」

ふたりがなんの話をしているのかは、生徒たちにはわからない。

しかし、ふたりの発する不穏なオーラを察して、少しずつふたりから離れていった。

「アンタ、自分が思ってる以上に感情隠すの下手《へた》だからね？　ぶっちゃけ教室入った瞬間から、ちょっと漏れてたから。殺意的なものが」

「……い、言いがかりもいい加減にしてください！　さっきから、いったい、なんの話をしてるんですか!?」

苦しまぎれのように大声を出すハリスに対して、ヤミはなんとも物静かに、

「アンタが、今、生徒たちを巻き添えにして、オレに魔法を撃とうとしてた、話だよ」

しかし、すさまじく冷たい声で、言った。

「……………っ!!」

形なき気迫に圧《お》されたように、ハリスが黙る。ヤミはひとつため息をついて、

「……っつーかさー、殺《や》ろうとすんのはいいんだけど」

マグナにちらりと目配せを送ってから、続けた。

「ガキどもを巻きこむような状況ですんじゃねえよ、クソスパイ」

「――炎拘束魔法《ほのおこうそくまほう》〝炎縄緊縛陣《えんじようきんばくじん》〟ッ!!」

ヤミが言いきるのと同時、マグナがハリスに向けて炎の球を放った。

「っちぃ!!」

「……え、えっ!?」

火の球をかわしたハリスは、呆然とする生徒のひとり――シエラを捕《つか》まえようとするが、

「危ないっ!」

「ぐおぉッ!?」

アリソンがハリスの足元に火を放ち、その隙にシエラを突き飛ばした。

「でかした、アリ公!!」

一瞬動きを止めたハリスに、マグナが二撃目となる魔法を放とうとするが、

「……ガキがぁ！　ちょこまか動くんじゃねえ!!」

「……っつ！」

それを放つより早く、炎の魔法から抜け出したハリスが、アリソンの金髪を引っ張りあげ、そののど元に氷のナイフのようなものを突きつけた。

「テメエッ！　子どもになんてことしやがる!?」

「動くなあァ！　一歩でも動いたら、こいつの首をかき切るぞ！」

吠《ほ》えるマグナに見せつけるようにして、ナイフの先端が少しだけアリソンの皮膚に触れる。

プツリ、と滲《にじ》み出《で》た血液に、生徒一同は真《ま》っ青《さお》な顔をしながら固まり、マグナも歯《は》噛《が》みをしながらその場にとどまった。

「……オイオイ、変わり身の早さハンパねえな。カワイイ生徒に、そりゃねえだろうが」

そんな空気の中、ひとり平静を保《たも》っていたヤミが言うと、ハリスは表情を醜《みにく》く歪ませて、

「っは。確かにカワイイ生徒さ。オレが敵国のスパイとも知らずに、アホみたいにオレの授業を聞いてたんだからな！　こうして人質にまでなってくれて、本当に自慢の生徒だよ」

マジでキャラ変ハンパねえな。

「そんなことより、なんでオレがそうだとわかった？　敵意だの隙を狙《ねら》ってるだの、そんな

もん、理由としては弱かったはずだろ？」

「んー……超すごい勘？」

「ウソッ⁉」

「あとはまあ、アンタの教師としての態度だな。生徒のこと守らなさすぎ」

苦痛に引き歪むアリソンの顔を見てから、改めてハリスを睨みつけた。

「先生だったら、っつーか、人の上に立つ人だったら、理不尽な暴力に巻きこまれてる誰かを、守ってやるもんだろうがよ」

「……いいこと言ってますけど、それを理不尽な暴力をふるう側が言うのって、どうかと思います」

そのツッコミを放ったのはアリソンで、ヤミは思わず笑ってしまった。

「なんだよ、お前。人質なのに余裕あるじゃん」

「ええ。魔法騎士団を目指しているもので。状況はよくわかんないですけど、ヘタレのハリス先生に人質にとられたってべつに……ひぅ！」

思いきり髪の毛を引っ張られたことによって、煽り文句が中断してしまった。

「調子に乗るなよ、クソガキ。耳ぐらい削《そ》ぎ落《お》としてもいいんだぞ？」

ブチブチと数本の髪が引っこ抜かれるが、それだけでは足りなかったようで、再びハリスの顔が醜《みにく》く歪んだ。

「お前の親、没落貴族なんだよな？　勢力争いだかに負けて、こんな僻地に追いやられたんだっけ？　それで中途半端な時期に転校してきたんだろ？」

「……………っ！」

精一杯の怒りを込めてハリスを睨むが、彼はそれに気を良くしたように、

「このままじゃ親がまともな職に就《つ》けねえから、自分が頑張って魔法騎士団に入るって、面談のときに言ってたっけ？　……バカなガキだって思ったよ。こんなド底辺の学校から、這《は》いあがれるわけなんてねえのになあ！」

「テメエ………っ！」

マグナが堪《こら》えきれずに動こうとするが、ヤミが視線でそれを制した。

アリソンはハリスを睨むのをやめ、その罵声《ばせい》に耐えるように、じっと足元を見つめている。

「ま、頑張ってるアピールで、資料整理の手伝いとかしてくれたのは助かったよ。でも残念だったなあ。そんなことしたって、お前の内申点《ないしん》になんの影響も出ねえんだわ！」

「テメエ、いい加減にっ！」

「……いいんですよ。実はそのとき、勉強のためにいろいろな資料とかをこっそり見てました。騎士団の人が講師に来るってことも、それで知ったわけですし」

マグナが怒号《どごう》を放つのと同時、アリソンはヤミを見てからそんなことを言う。その表情からは怒りが消えて、代わりに、

「あと、話長いです。おかげさまで準備が整っちゃいました」

嘲笑《ちょうしょう》が、張りついているように思えた。

「……あ？　準備だと？」

「はい――わたしが本当に、なんの準備もなく、ハリス先生に、向かってきたと思いますか？」

一言一句を区切るようにして言うと、徐々にハリスの顔から余裕の色が消えていく。

「なん……だ？　なにをした⁉」

「足元を見てください。燃えそうですよ」

「‼」

アリソンの言葉に促《うなが》されて、ハリスの注意が下に向いた、そのとき、

「ウソですけど」

コンマ数秒生まれた隙に、アリソンは彼の手からすり抜けて、

「こっちが本命ですけど」

ゴガァッ！

ヤミがすさまじい速さでハリスへと接近し、勢いが丸々乗ったラリアットをぶちかました。

「……っか！」

受け身すらまともに取れないまま、ハリスは地面をバウンドしながら吹き飛び、

「炎拘束魔法〝炎縄緊縛陣《えんじょうきんばくじん》〟!!」

「ぐうッ!!」

今度こそマグナの拘束魔法によって、全身の自由を奪われた。

「クソスパイがあぁァっ！　『三つ葉のこの国を背負っていくこれからたち』にヒデエことしやがってっ！　同じことされる覚悟はあるんだろうなァっ!?」

「マグナ、あんまり痛めつけるな。あと順番違うぞ」

ハリスを足蹴《あしげ》にするマグナに言ってから、ヤミはアリソンへと駆け寄った。

「大丈夫か？」

「平気です……意外と、ちょっと、怖かったですけど」

へたりこんだ彼女は、小刻《こきざ》みに震える手を見ながら苦笑《くしょう》する。

「そっか……まあ、怖《こえ》えのを我慢してよくやったよ。ナイスな隙の作り方だった」

動きだそうとするマグナを視線で制したとき、ヤミはそれに気づいた。

アリソンが自分の足元を見たり、こちらに視線を送ったりして、ヤミになにかを伝えようとしていることに。

「アイコンタクトもばっちりだったぜ。やっぱ、乙女同士だと通じるものもあるのな」

「なに言ってるかよくわかんないですけど……うまくいってよかったです」

といってもアリソンは、ヤミとマグナが目配せでサインを送っているのを見て、その真似《まね》をしてみただけだ。しかも、ことを起こすタイミングをなんとなく伝えただけ。

それを正確に読みとり、完璧なタイミングで実行に移す——乙女の力などでは決してない。ヤミの異常な洞察力のたまものだった。

「ま、とにかく、よく頑張った。オレらの女子力の勝利だ」

「……はい」

相変わらずなにを言っているかはわからなかったが、頭に乗せられた手の感触が気持ちよくて、笑ってしまった。

「……で、個人情報ダダ漏らしスパイくんの容態はどう？　死んだ？」

「まだちゃっかり生きてますよ！　やっちまいますか⁉」

アリソンの手当てをシエラに任《まか》せてから、ヤミはハリスにノシノシと近づいた。

「……クソ……クソッ！　こんな、ふざけた連中に………っ！」

まだ辛《かろ》うじて意識があるらしく、ハリスがうわごとのようにぶつぶつと言う。もっとも、顎《あご》の骨がどうにかなっているのか、ひどく不明瞭な発声だったが。

「――ふざけてんのはテメエだろうがよ」

そんなハリスの頭を、ヤミは勢いよくつかむと、頭の高さまで持ちあげ、

「!!」

その全身から、とてつもない量の魔力を放った。

生徒たちを相手にしていたときとは、比べ物にならない鋭さと、重さ。

濃度も量も桁違《けたちが》いの、圧倒的な威圧。

「ひ……ひぃ!」

それを一極集中で浴びせられたハリスは震えあがり、その怖さを想像した周《まわ》りの生徒らも、同じように身震いした。

これがヤミの――魔法騎士団団長の、本気の威圧………!

「こいつらがなにになるか決めんのなんて、こいつらなんだよ。テメエごときが決めていいことなんて、ひとつもねえ。今度くだらねえこと言いやがったら、マジで泣かすぞ、ゴラ」

「……す……すぃ……ま、せんでし………!」

それだけ言い残すと、ハリスは意識を手放した。

「――っつーわけで、実はオレたち、ここに潜りこんだスパイを探しに来てたんだわ。巻きこんじゃってマジごめんね」

魔法騎士団本部のスタッフによって、ハリスが護送されていった後。

教室へと場所を移した一同に、マグナとヤミは改めて頭を下げた。

「……いや、マジごめんね……って言われてもな」

「……うん。どういう受け止め方をしていいか、正解がわからないというか……」

なんていうエルデと取り巻きの会話を中心として、教室内はどよめいていく。

臨時講師にきたふたりが、実はスパイを追う調査員で、スパイは担任教師で、担任教師はさきほど魔法騎士団に連れていかれて……と、生徒たちからしたら、ものすごい勢いで情報が入ってきているのだ。こんなリアクションになるのも無理はなかった。

「ま、幸いハリスの野郎が、情報操作とかのためにおかしな授業をしてたって報告もねえし、面倒な後始末なんかは、これから来る騎士団本部のスタッフがやってくれるから、すぐに普通の生活が戻ってくるよ。お前らの受け止め方としては『ちょっと変わったことがあったなあ、それより、今日の晩御飯なにかな』くらいでちょうどいいと思うよ」

（軽い……）

アリソンはそんなことを思ったが、確かに深く考えてもいいことはなさそうな出来事だ。

ヤミが言うほど軽くは考えられなかったが、案外それくらいがちょうどいいのかもしれない。

「とはいえ、お前らを巻きこんじまったのは完全にオレたちのミスだ。面白さを優先するあまり……いや、完全に油断《ゆだん》してた。申し訳ねえ」

（ほぼ言っちゃってる……）

なんてことも思ったものの、大きな被害をこうむったわけでもない。怖い体験であったことには間違いないが、トラウマになるほどのことでもない。日常生活を続けていくうちに、だんだんと薄れていくことになるだろう。

「とくに、アリソンは人質にまでなっちまったからな。ごめんねホント。傷痛くない？」

「……いいですよ、べつに。傷っていったって、かすり傷以下ですし」

首に巻いた包帯を擦《こす》りつつ、アリソンは苦笑いして、

「むしろふだんできない体験ができて、ちょっと嬉しいくらいですから、許してあげます……でもなんかくれるなら、もらってあげてもいいですけど」

「はぁぁぁぁんっ!? テメコラ、こっちが下手にでてるからって、調子くれてんじゃねえぞ！ そもそも、さっきからヤミさんに向かってその口の利《き》き方《かた》ぎゃあアアアっ!!」

「ああ、うん。たぶん後で謝礼的なものが出ると思うよ。スパイ逮捕に貢献《こうけん》してくれてありがとね、って感じで、このクラス全員に」

　ヤミがマグナにアイアンクローをかけながら言うと、教室内のニコニコ度数が上がった。

　なんだかんだいっても、けっこうみんな現金なのだ。

「ま、それとは別に、今度はちゃんとした特別講師として誰か来るように、オレが魔法騎士団の団長に言っといてやるよ。たぶん、フエゴレオンあたりが……」

「ヤミ先生とマグナ先生がいいです！」

　ヤミの言葉に食い気味に、アリソンが言った。

「また来てもらえるなら、わたしはふたりに来てほしいです！」

「わ、わたしも！　またふたりがいいっ！」

　アリソンの意見にシエラが同調し、エルデも口をへの字にしながら小さく手を挙げた。

「……まあ、オレも、かな」

「オレもっす！」

「ふたりの授業、怖かったけど面白かったっす！　また来てください！」

　さらに取り巻きのふたりが意見を述べたことを皮切りに、

「ヤミ先生に攻撃当たった時の達成感、ヤバかったよな！」

「でももう、走りこみは勘弁《かんべん》だけどね！」

「えー、ふだんあんなことしないから、ちょっと楽しかったよ、わたし！」

「今度来るときには、他の団員の人たちも連れてきてくださいよ！」

「あ、それいい！　どんな人たちか見てみたい！」

クラスのところどころから、笑顔と一緒にそんな言葉を渡されて、ヤミは少しだけ笑った。

「……ま、考えといてやるよ」

——そこからの時間は、あっという間に過ぎた。

給食を食べながら質疑応答（普通の）をして、昼休みを利用して改めて挨拶《あいさつ》をしている最中、事後処理のための騎士団本部のスタッフが到着。あとは彼らに任せるということで、ふたりの捜査任務は完了した。

「……あ、あと、お前らなんか勘違いしてるかもだけど、魔法騎士団って、平界出身者もけっこういるからね」

帰る直前、出入り口で足を止めたヤミが、思い出したようにそう言って、

「っていうかマグナとか、下民《げみん》だし」

「おう！　ラヤカ村出身だぜ！」

「「「えっ⁉」」」

「なんなら、オレとかこの国の出身ですらねえし」

「「「ええっ⁉」」」

最後の最後で明かされた事実に、さっきまでとは違った意味で教室の中がどよめき、アリソンも口を半開きにしてしまった。

確かに貴族や王族の類《たぐい》には見えなかったが、まさか下民と外国人のコンビだったとは……。

そしてそんなふたりが、魔法騎士団の第一線で活躍している、とは。

「っつーわけだから、べつに最果ての学校とか、そういうの気にする必要ねえからさ」

ヤミは驚いた顔の一同をぐるりと見まわして、最後にアリソンと目を合わせてから、

「なんかこう、攻めてみたらいいんじゃねえの？　わかんねえけど」

「……………っ!!」

魔法騎士団とは、魔法帝直属の魔道士軍団のことで、クローバー王国の自治機関であり、防衛の要であり、全国民から敬意と羨望を向けられる英傑豪傑の集団であり。

——自分たちでも、もしかしたら手が届くかもしれないところにいる、人たち。

この日を境として、生徒らの魔法騎士団に抱くイメージは、そんなふうに変わった。

「……じゃ、適当に頑張れな」

生徒たちの認識を改めたふたりは、今度こそ教室から去っていったのだった。

「……いや、でも考えてみたらよー」

と思ったら、またふたりしてノロノロと教室に入ってきた。

「オレら一日先生だから、まだあと五、六時間目もあるんだよね」

「!!」

ビクリ、と、安心しきっていた生徒一同の顔が、恐怖でひきつっていく。

「ってわけだから、午後は二時間豪華に使って」

ガツンッ! と、マグナがバットで床を叩き、ヤミが獰猛な笑顔を浮かべ、生徒一同はものすごい速さで震えだした。

「やるか、質疑応答」

「「はあああああああああああぁッ!?」」

「ゴチャっさしゃぁえぇぞラァァッ!!」

絶対に攻撃を当てなくてはいけない五、六時間目が、始まる。

1 2 3 4

四《よん》章《しょう》 ✿ 暴《ぼう》牛《ぎゅう》

その日、ノエル・シルヴァの機嫌《きげん》は良かった。

魔宮《ダンジョン》探索任務を終えてから三日目の昼下がり、ノエルは大きなかごを背負《せお》って、『黒《くろ》の暴《ぼう》牛《ぎゅう》』アジトの近辺を歩いていた。

任務の一番の功労者・アスタのために、滋養強壮《じようきようそう》効果のある薬草を摘《つ》んであげるためだ。

任務で負ったアスタの傷は、ノエルの従姉妹《いとこ》であるミモザの回復魔法によって、ある程度は治《なお》っている。しかし体力の回復に関しては、本人の持つ自然治癒力《ちゆりよく》に任《まか》せるしかないのだ。

だからアスタはこの三日間、一日の大半を寝て過ごしている。

ヤミの見立てでは、あと四、五日もすれば本調子を取り戻すとのことだが、そんなに長い時間部屋に閉じこもっているのかと、本人としては不服な様子《ようす》だった。

だったら、その期間が少しでも短くなればよいのではないか、と。

そんなふうに思ったノエルはこの三日、植物図鑑を片手にアジト近辺をウロウロしていた。

王族らしからぬ泥臭《どろくさ》い真似《まね》であるとは思う。しかしノエルの摘んできた薬草を摂《と》ることで、彼の回復が早まっているのは本当だ。だんだんと動ける時間が長くなってきた、と喜んでくれていた。もっとたくさん頑張《がんば》れば、もっとたくさん喜んでもらえるはずだ。

そんな彼の顔を想像しながらなら、こんな地味《じみ》な作業も機嫌よくこなせるというもの……。

（……って、な、なに考えてるのよ、私っ！）

野草をちょいちょいと杖《つえ》で突っつきながら、おかしな方向に進んでいた思考を止める。ぽかぽかした陽気が気持ちよかったせいか、頭におかしなものが湧《わ》いてしまったようだ。

薬草を採取しているのは、あくまで自分が摂りたいからだ。あの元気印のポジティブ小僧にあげるものなど、そのついでのついでだ。決して、断じて、絶対に、アイツの元気な姿が早く見たいとか、そんなのでは絶対にない。

「……ねえ、君。そこの、銀髪のお嬢さん。君だ。ちょっといい？」

そもそも、アスタはいつも独断専行で無茶《むちゃ》をしすぎなのだ。あれではいくら命があったって足《た》りない。もっと無茶《むちゃ》のない戦闘方法を覚えていかないと、いつか割を食うことになるのだろう……まあ、そんな姿がかっこいい、と、そんなふうに感じる女子はいなくもないような感じがしないでもないような気がしないでもないのだが。

「あ、あれ？　ちょ、無視しないで。こんな格好《かっこう》だけど、怪《あや》しい者じゃない。ちょっと聞きたいことがあるだけなんだ」

いやいや。アスタなんてぜんぜんいいとは思わない。あんな筋肉チビは願い下げだ。というか、魔道士《まどうし》だというのにあの筋肉はなんなのだ。成長期に無理をして筋力トレーニングなんてするから、身長もあんなところで止まってしまったのだろう。順当に成長して身長が伸びていれば、もっとスマートでかっこよかったに違いないのに。もったいないことこのうえない……って、いやいやいや。べつにそうだったとしても、どーでもいいことなのだが……。

「ねえ、ねえってば！」

「ぅひゃうっ!!」

何者かにいきなり肩を叩《たた》かれて、全身がビクリとしてしまう。

「あ、ご、ごめん。そんなびっくりするとは……。でも、ぜんぜん止まってくれないから」

……いや、いきなりではない。考えごとをしていたため、なんか後ろで雑音がしてるな、くらいに思っていたが、背後にいるこの人物は、ずっとノエルに話しかけていたらしい。

「こちらこそ、ごめんなさい。少し考えごとをしていて……」

ともすれば、ノエルは彼のことをずっと無視していたということになる。無視はよくない。ノエルはそれをよく知っている。だから素直に謝って、背後を振り向いて……。

「………!!」

硬直した。

「いや、いきなり話しかけてごめん」

なぜならその男は——裸だったからだ。

「そんで、さっきも言ったけど、こんな格好で申《もう》し訳《わけ》ない」

よく見ると、鎖骨《さこつ》や腹から、太ももにいたるまで、身体中に痛々しい傷を負っている。

つまり、血まみれで裸のおじさんが、ノエルの前に立っていたのだ。

……いや、かろうじて下着は身に着けているし、ブックポーチと剣を腰からさげているので、完璧《かんぺき》に全裸というわけではない。しかし——いや、だからこそ。

「でも、決して怪しい者じゃないんだ」

どんな角度から見たって、ヤバいおじさんだった。

「君の持っているその杖なんだけど、それは、私の大事な人が作ったものかもしれないんだ。それについて詳《くわ》しく聞かせてほしい。だから少し、向こうの茂《しげ》みで話を……」

「いやあああアアアアアァァァァァッ!!」

「あ、ちょっと、お嬢さん!」

かごを投げ捨てて全力疾走《しっそう》するノエルを、パンイチの男は追っていった。

キャンバスとパレット、溶《と》き油や油壺《あぶらつぼ》、その他必要な道具を持ったヤミは、くわえタバコでアジト周辺を歩いていた。

粗暴《そぼう》な見た目や性格とは裏腹に――はなだ失礼な評価だとは思うが――ヤミの趣味は絵を描くことだ。そして今日《きょう》は久々に自分の時間のとれる休日で、天気もまあまあ良好だった。

そんな良き日を趣味にあてがうのも悪くない。

さて、今日はどんな美しい風景がこの目に飛びこんで……。

「来ないでええエエエェェェェエエッ!!」

「お嬢さん、待ってってば! ちょっとだけ、ちょっとだけだから! なんだったらお金も払うから! ね!? ねっ!?」

半泣きで全力疾走《しっそう》をするノエルと、それを追いかけ回すパンイチのおっさんの姿が、目に飛びこんできた。


「は、放せ、放せえ!! 誤解なんだ! 私はただ、そのお嬢さんにちょっとしたお願いをしていただけだ! 捕《つか》まるようなことはしていない!」

「うるせえ変質者。未成年に金握《にぎ》らせてなにをお願いするつもりだったんだよ。ってか剣持って裸で人を追っかけ回すのは、立派に捕《つか》まる理由だろーが」

「だから、これはその……追剝《おいは》ぎにやられただけだって言ってるだろう！　私だって被害者だ！」

「どう考えたって猥褻物陳列《わいせつぶつちんれつ》の加害者だろうが。人がきれいななにかを写実しようってテンションのときに、大人の汚《きたね》え世界を見せてくれやがって。オレの乙女心《おとめごころ》はズタズタだバカヤロー」

「あ、騎士団《きしだん》本部ですか？　『黒の暴牛』のフィンラルです。変質者を一名確保しました。引きわたしに行きますんで、準備お願いできます？」

「待って！　待ってくれ、頼む！　本当に誤解なんだ！」


「…………」

いつもよりボリューム過多なアジトの喧騒《けんそう》に、アスタはうっすらと目を覚ました。視線だけ動かして時計を見る。いつもだったらノエルが薬草や水を持ってきてくれる時間だったが、それらしいものも彼女の姿も見当たらない。

さっきの騒音といい、もしかしたらなにか大変なことがあったのかもしれない。

床頭台《しょうとうだい》に置いていた魔導書《グリモワール》をブックポーチにつっこむと、アスタは自室を飛び出した。まだ本調子ではないが、ノエルの薬草やチャーミーの料理のおかげで、少しの時間なら動き回れるようにはなっている。

だから下でなにかが起こっていたとしても、アスタだって加勢することができるはずだ。

「ねえねえ、でもさでもさ！　そのおじさん、けっこう強そうじゃない？　連行していく前に、ちょっとだけ僕とヤらせてよ！」

「おー。オレもやるぜ、ラック。うちのノエ公《こう》に、トラウマ作ってくれやがって。〝獄殺散《ごくさつさん》弾魔球《だんまきゅう》〟の千本ノックで丸焦《まるこ》げにしてやんよ、こんな野郎」

二階の吹き抜けまでやってくると、いつもよりヤバくしたラックと、いつもよりヤンキー指数高めのマグナが、簀巻《すま》きにされた誰かを取り囲んでいるのが見える。

「いや、とっとと連行して極刑《きょつけい》に処してもらえ。こんな野郎が野放しになってマリーに近づいたらと思うと、殺意がバチボコに湧いてきやがる。なんなら今ここでやるか？」

「……フシュー」

さらにその横では、ゴーシュとグレイも殺気を放《はな》っていた。野盗でも捕まえたのだろうか？

二階からではよく見えなかったので、階段を下りて確認してみる。

「大丈夫、ノエル？　辛《つら》かったら、部屋に戻っていてもいいのよ？」

「へ……平気よ。私だって『黒の暴牛』の一員――それに、第一発見者だもの。ちゃんと本部で詳《くわ》しい状況を話すわ」

「偉い！　偉いよノエル！　コレ食べな？　コレ食べて元気だしな、ね？」

少し離れたソファでは、バネッサとチャーミーがノエルを囲んで、そんなことを話していた。中心にいるノエルは……心なしか、いつもより顔が青ざめているように思えた。

あの高飛車《たかびしゃ》で、いつも気丈《きじょう》に振る舞っているノエルが、だ。

「………!!」

アスタの胸の裡《うち》に、怒《いか》りにも似た熱いなにかがこみあげてくるのがわかった。なにをしたかは知らないが、男性陣に囲まれている人物は、ノエルをこんな顔にさせるなにかをしたらしい。

だとしたら、許せない。

「皆さん！　なにがあったンすかあァ!?」

「おう、おはようコノヤロー！」

アスタの問いに威勢《いせい》よく返したのは、グレイの横でヤンキー座りをしていたマグナだった。

絶対安静のアスタがここにいても、誰もなにも指摘しないところが、『黒の暴牛』の特色だろう。美徳かどうかはしれないが。

「テメエもこの変態オヤジに一言言ってやれ！　コイツ、ノエ公を素《す》っ裸《ぱだか》で追いかけまわしやがったんだ！」

「はあっ⁉」

「だから、べつに裸で追いかけることが目的じゃなかったんだ！　追いかけたときに、たまたま裸だっただけなんだって！　っていうか素っ裸じゃないし！　パンツ履《は》いてるし！」

などという意味不明な供述を繰《く》り返《かえ》しており、反省の色もなし。ダメだ。やはり一発ぶん殴《なぐ》らないと気がすまない。

とはいえ、なんだろう。この声と雰囲気。心のどこかに覚えがあるような……。

「そ、そうだ！　私は昔、魔法騎士団《まほうきしだん》を志願する少年に剣を教えていたんだ！　彼ならきっとどこかの騎士団に入っていると思う！　彼との面談を要求する！　あの子ならきっと、この誤解を解いてくれるはずだ！」

そう。この他力本願《たりきほんがん》で図々《ずうずう》しい感じ。どこかでこんなおっさんに会ったことがあるような気が……。

……って。

「…………………なにやってんだよ、ゼルのおっさん」

「アスタッ⁉」

裸のおっさん――ファンゼルはアスタの顔を見て、ぱあ、と表情を輝かせた。

「た、助けて！　私はただ……追剝ぎにやられて身ぐるみ剝《は》がされた後に、そこのお嬢さんに話しかけただけなんだ！」

なぜいつも裸で誰かの縄張《なわば》りを荒らしているのだろうか、この男は。

「……それにしても……そうか、アスタ、君は魔法騎士団に入れたんだね」

簀巻きにされて寝《ね》転《ころ》がされているゼルは、それでも誇らしげに笑った。

「やっぱり、私の目に狂いはなかったみたいだ。おめでとう、アスタ！」

……一番言われたかったことを、一番言われたくないタイミングで、言われた。


「え、じゃあなに、アンタ、マジで追剝ぎにやられて、ノエルになんか聞こうとしてるだけの人だったの？」

「うん。自分でも信じがたいシチュエーションではあると思うけど、本当にそうなんだ」

細い目を僅《わず》かに見開くヤミに対して、バネッサに急ごしらえで作ってもらった服に袖《そで》を通しながら、ゼルはげんなりとした様子で応じた。

あの後、アスタの弁明（アスタはしたくなかったけれど）もあって、なんとか拘束を解《と》かれたゼルは、傷の手当てを受けながら、改めて事件のあらましについて説明。そうしてようやく先ほどのやりとりにいたり、なんとか性犯罪者の汚名を拭《ぬぐ》えたのだった。

ちなみに他の団員たちは、荒事《あらごと》ではないと見てとると、『なんだよつまんねー』とばかりに共有スペースに散り、さっさと自分の作業に戻ってしまった。この切り替えの早さも、『黒の暴牛』の特色のひとつと言えるだろう。やはり、美徳と呼べるかどうかは微妙だが。

ヤミもゼルから興味をなくしたように、カウンターテーブルに置いた画集をめくりながら、

「なんだよ。そうならそうって最初から言ってよー。誤認逮捕《ごにんたいほ》するとこだったじゃーん」

「何度もそう言ったじゃないか！　それに、もうがっつり誤認逮捕された気が……」

ゼルはそう言いかけたが、ヤミにじろりと睨《にら》まれたことによって、目をそらしながら口をつぐんだ。

そんなゼルを威嚇《いかく》するでもなく、ヤミは小首をかしげながら顎ヒゲをさすって、

「ん？　なんかアンタ、よく見たら見たことある顔してんな。どっかで会ったことある？」

「い、いや、たぶん、初対面だと思うよ。ともかく、誤解されるようなことをしたのは事実だ。お騒がせをして申し訳なかった」

なぜかごまかすようにそう言って、ゼルはヤミに向けて深々と頭を下げた。

そうしてから、次はノエルに向けて同じ動作を繰り返す。

「ノエル、といったね？　怖《こわ》い思いをさせて本当にごめん。あの時は私も焦《あせ》っていたけど、知らないヤツにいきなり話しかけられたら、そりゃあびっくりするよね」

「え、ええ……」

返事をしつつ、ノエルは思う。謝罪が欲しいのはそこではない、と。

「で、さっきも言ったように、君の杖について教えてくれないかな？」

そこからが本題とばかりに、ゼルはノエルの杖に指先を向けた。

「その杖はおそらく、私の探し人――ドミナが作ったものなんだ」

「……ドミナ？　わたしにこの杖を譲《ゆず》ってくれた人は、コードっていう名前だけど」

そう。あの女店主はコードと名乗り、ブルースもバネッサもそう言っていたはずだ。

しかしなぜか、ゼルの顔に笑《え》みが溢《あふ》れていった。

「そう。そうだ、彼女のフルネームはドミナント・コード……やっぱり、彼女が作ったもので間違いない」

「おおおオオォォッ！　そーなのかよ！　よかったな、おっさん！　よかったなあっ!!」

アスタは喜ぶおっさんの背中をバンバンと叩く。ゼルの喜びもひとしおだろうし、アスタも我がことのように嬉《うれ》しく感じる。

アスタより一足先に、彼は目標を達成しようとしているのだ。

「ノエルがあの杖を買ったのは、城下町の闇市《ブラックマーケット》だ！　早く迎えにいってやれって！」

「ああ……ああ。そうするよ。ありがとう、ありがとう」

軽く目じりを拭ったゼルは、ノエルに向けてもう一度、深々と首《こうべ》を垂れた。

「ありがとう、ノエル。君のおかげで、私は大事な人と再会することができそうだ。本当に……ありがとう」

「わ、私は、べつに、なにも……」

まっすぐな目から視線を外《はず》しながら言う。ノエルは本当になにもしていないに等しいし、彼らの人物相関図なども詳しくは知らない。けれどこんなに喜んでもらえると、なんだかいいことをしたみたいで、まんざらでもない気分だった。

そんなノエルに笑顔を送ってから、ゼルはヤミのほうを向いて、

「団長さん、私はもう行ってもいいかな？」

「あー、いいんじゃねえの？　あ、でも誤認逮捕の件でごちゃごちゃ言うなよ？」

「もう誤認逮捕って自分で言っちゃうんだね」

「うるせーなー。そーだ、フィンラル。お前空間魔法《くうかんまほう》で目的地まで連れてってやれ。それでチャラな。オレもう部屋帰って寝るから」

君は本当に魔法騎士団の団長なのか？　なんてツッコミがゼルの喉元《のどもと》まで出かかったが、この対応はヤミの温情措置《おんじょうそち》に近いものだろう。

変質者の濡《ぬ》れ衣《ぎぬ》は晴れたとしても、ゼルが怪しい人物であることには違いない。本当は事

情聴取をしたいところだが、アスタの知人のようなので、見逃《みのが》してやる、と。

その大きな背中にもう一度頭を下げてから、フィンラルと呼ばれた好青年へと向き直った。

「はいはい。えっと、城下町の闇市まで行けばいいんすか？」

「うん。お願いしてもいいなら、よろしく頼みます」

魔導書《グリモワール》を取り出すフィンラルを横目に、ゼルはアスタの頭に手を乗せた。

「じゃあね、アスタ。短い間だったけど、久々に会えて嬉しかったよ」

「ああ。でもまあ、アンタとはどっかで会う気がしてたけどな」

まさかまた裸でいるとは思ってなかったけど。

「それと、本当に魔法騎士団への入団おめでとう。頑張って修業したかいがあったね！」

「おう！　へへっ、時間さえあれば打ちこみの一本でもやって、修業の成果を見せたいんだけどな！」

「見なくたってわかるよ……」

順調に筋肉がついていることが、着衣の上からでもはっきりとわかるし、立ち居振る舞いも以前よりはるかに洗練されている。ゼルと別れた後も真摯《しんし》に鍛錬《たんれん》を積みあげたこと。そしていくつもの修羅場《しゅらば》を乗り越えてきたこと。アスタがここにいたるまでの努力が、彼の全身から滲《にじ》み出《で》ていて、自然と頬《ほお》が緩《ゆる》んでしまう。

「……さて、グダグダしてると別れが辛くなるね」

あの時の台詞《セリフ》を使い回す。

これ以上一緒にいると、ふてぶてしくも子どもの成長を見る親の気持ちになってしまいそうだ。

ゼルは拳《こぶし》を突き出して、アスタもそれに倣《なら》った。

「また会おう、アスタ。頑張って、魔法帝《まほうてい》になれよ！」

「おう！　アンタは幸せに暮らしやがれ！」

コツンと拳をぶつけ合う。互いに満面の笑顔を向け合う。その時――。

バゴァッ!!

「!!」

複数方向から放たれた魔法攻撃が、次々にアジトを直撃し、爆音と衝撃をもたらした。


――やりやがった……あいつら!!

「うおおオォォッ！　オレの紅零爾威災駆乱号《クレイジーサイクロンごう》が、瓦礫《がれき》の下敷きにいいイイッ!!」

「あはは！　なになに!?　敵っ!?　敵襲なのッ!?」

「全員伏《ふ》せろ！　上から落ちてくる物に気をつけながら、遮蔽物《しゃへいぶつ》に隠れて！」

マグナとラックの大声があがるなか、ゼルは共有スペース全体に向けて叫んだ。

そうしてから階段の陰《かげ》に隠れ、入口や窓に向けて視線を配る。すぐ近くに気配はない。

当たり前と言えば当たり前だ。これだけの数の魔道士がいるし、自分だって魔《マナ》の感知はずっとしていた。おそらく敵は、魔《マナ》を察知されないギリギリの範囲から、牽制《けんせい》としての魔法攻撃をしかけたのだ。

敵とはつまり、

「ごめん！　私を追ってきた刺客たちだ！　ここにいることがバレていたらしい！　すぐに出ていくから、落ち着いたら建物の奥に避難して！」

こんな無《む》茶苦《ちゃく》茶《ちゃ》なことをしてきたのは初めてだったが、それだけ本腰を入れて今回の襲撃をしかけてきたと考えるべきだろう。

——もう、人を殺したくないだなんて、甘っちょろいことは言っていられない。

「……って、なにやってるんだ、君たち!?　早く言うとおりにして！」

考えていて気づくのが遅くなった。団員たちは全員その場に突っ立ち、ある一点に向けてぞっとしたような視線を注いでいた。

彼らが見据《みす》える先は、二階の吹き抜けに繋《つな》がる階段——つまり、ゼルの真後ろだ。

そこをガン見したまま、微動だにしない団員たちに対して疑問を覚えた、その時、

「……こう、いい感じにまどろみながらさ、ベッドに横になって、ああ、オレもう寝るな、五分後には可愛《かわい》らしい寝顔浮かべてんな、って感じで、いたわけですよ、オレは」

ノシ、ノシ、と。

重量感のある足音を伴《ともな》いながら、背後より近づいてくる、声。

「で、いきなりドーンてなったじゃん？　頭の上とかにいろいろ落ちてくるじゃん？」

ギギギッ、と、無理やり背後に顔を向けたゼルは、見ることになる。

「で、こーなったんだけど」

頭からダラダラと血を流し、人殺しみたいな目を全開にしている、ヤミを。

「え、なにこれ？　誰をどうぶっ殺せばいいの？」


「――動きはありませんね。ファンゼル先生の性格からして、すぐに出てくると思ったのですが……」

森の中にある小高い丘の上。

黒いローブをすっぽりとかぶった少女――マリエラは、たった今魔法攻撃をぶちこんだ家屋を眺《なが》めながらそう告げた。

「しばらく様子を見る。一班から四班までは陣形《じんけい》を維持《いじ》しつつ前進。魔《マナ》を感知されることはもう気にしなくていい。五班と六班は引き続き後方待機。戦局哨戒《せんきょくしょうかい》と索敵《さくてき》に務《つと》めろ」

彼女の横に佇《たたず》みながら、中年の男がそんな指示を伝令使に飛ばし、マリエラと同じようにその家屋を注意深く観察した。

森の中にひっそりと佇んでいるのは、さまざまな家屋が組み合わさったようにも見える、なんとも浮世《うきよ》離《ばな》れした建築様式の建物だ。

あの建物の中に、ファンゼルが引きずりこまれるようにして連れていかれるのを、マリエラは確かに確認し、そして踏《ふ》みきった。

総勢六十人の魔道士中隊。それを十人編成の小隊に振り分け、全方向より建物を集中包囲。局所的なテロ行為ともとられかねないような電撃作戦を、現場の判断だけで敢行《かんこう》したのだ。

ここまでファンゼルを追いつめられるチャンスが今後あるかどうかわからないし、クローバー王国の中で動き回れる時間も無限ではない。このあたりで総力戦に持ちこむべきだとマリエラがゴリ押しし、敵国のど真ん中でこれだけの兵を動かしたのだった。

もちろん、失敗した時にこうむる被害は、目も当てられないだろうが。

「それにしても、気になるのはあの建物だな。いち個人の邸宅《ていたく》というわけではなさそうだし、一種の集合住宅かなにかか？」

「……さあ。変わり者のお金持ちのお家《うち》かなにかじゃないですか？　時間がなかったので、そこまでは調べがつきませんでしたが、こんな郊外にあることを考えると、少なくとも公的機関の関係施設などではないでしょう」

気持ちを切り替えながら、中年の男——中隊長・ガレオの質問に答える。

「仮に騎士団に通報をされたとしても、ここに来るまでに相応の時間がかかることも確認ずみです。問題ないでしょう」

失敗した時のことを考えてもしかたない。とにかく今は、成功のために集中すべき時だ。そのためには現場の動きだけではなく、外堀もしっかり埋《う》めておく必要があった。

「……それでは、わたしはそろそろ行きます。空間魔法をお願いします」

「この奇襲が失敗した時の保険をかけに、か？」

ガレオは嘲《あざけ》るように言いながら、魔法で空間に穴をあけた。

「必要ないと思うがな。もともとファンゼルを追っていた者たちに加えて、各都市に潜《ひそ》んでいた諜報員《ちょうほういん》たちまでかき集めてきたんだ。はっきり言って、下手《へた》な魔法騎士団くらいなら攻《せ》め落《お》とせる規模の進軍だ。これで失敗したらいい笑《わら》い種《ぐさ》だぞ」

……自分が責任をとらされる立場に立っても、同じことが言えるのだろうか、この男は。

というか彼は、空間魔法の達人だということ以外、目立った特徴のない小人物だ。

この短時間で作戦や陣形を考えたのも、この数の隊員たちをいつでも動かせるように下準備していたのも、すべてマリエラだった。彼がした仕事といえば、+α《プラスアルファ》の隊員たちをこの場に連れてきたことくらいだ。それだけで中隊長としてふんぞり返っているガレオに、こんなことを言われること自体、心外ではあったのだが……。

「なんだその目は？　わざわざこのオレが、こんな僻地《へきち》までまかり越してやったというのに」

怒気《どき》を宿したガレオの口調に、マリエラはびくりと身じろぎする。

「調子に乗るなよ、売国奴《ばいこくど》のガキが。お前がそうやって生きていられるのは、誰のおかげだと思っている？」

「…………」

幼き日のマリエラがダイヤモンド王国から逃げ出した時、ともに亡命した数人の仲間がいた。彼らと一緒に、かごの外での暮らしを営《いとな》んでいこうと、そう決めていたのだが――。

当時、国外逃亡者を処罰する部署にいたこの男・ガレオによって、皆殺しにされた。

頭の良さを買われて生き残ったマリエラだったが、その代償として、彼の仕事の大半を代行することを義務づけられた。今回の任務だって、失敗した時の責任はマリエラが負うことになるだろうが、成功した時の手《て》柄《がら》はすべて持っていかれるだろう。

「……すいませんでした。あなたのおかげだと思っています」

理不尽《りふじん》だとは思わない。これまでもずっとそうしてきたし、これからもずっとそうして生きていくのだ。そんなふうに思っていたら、どこかでやりきれなくなってしまう。

……ただ、これだけは、言っておきたい。

「ですからこれは、参謀《さんぼう》としての忠告です」

空間の穴へと身を投じながら、マリエラは振り返らないまま、

「わたしの先生は、強いです」


「……で、なんなの、アンタ？　この数の刺客に詰められるとか、どんな猥褻物を陳列したらこーなるわけ？　つーか、追剝ぎにやられたって話じゃなかったっけ？」

地獄みたいな顔をしたヤミは、布を持った手で頭を押さえつつ、

「ぐあああアアア!!　ごっ、ご、ごめんなさい、ごめんなさい！　すぐ出ていくんで、許してください!!　マジで痛い、マジで痛いこれ！」

そう叫ぶファンゼルの頭を、もう片方の手でつかみ、その握力だけで砕《くだ》き割《わ》ろうと試《こころ》みていた。

「ごめんなさいじゃないの。人の神対応を仇《あだ》で返すなっつってんのお兄さんは。事情もわか

らないまま巻きこまれた側の気持ちにもなってみやがれ」

「だ、だから、すぐに出ていくから、とりあえず離してってば！」

「離さねーし行かせねーよ。おいノエル、合図をしたら〝海竜《かいりゅう》の巣《す》〟でアジト全体をガード。ラックは魔《マナ》の感知で相手の人数と配置を探《さぐ》れ。どこの誰だか知らねーが、『黒の暴牛《うち》』にケンカ吹っかけてきたからには、ひとり残らずとっ捕まえて生爪《なまづめ》引き剝がすぞ」

「ちょっと……待ってくれっ！」

体をよじって無理やりアイアンクローから逃れた。ものすごく痛かったが、かまわず団員に向けて叫ぶ。

「頼む！　このまま行かせてくれ！　君たちの立場もあるだろうけど、これは私ひとりの問題だ！　これ以上関《かか》わらないでくれ！」

「そんな言い方ねえだろ！　第一、そんな怪我《けが》でこんな人数を相手にできるのかよ⁉」

「包囲網《ほういもう》を突破するくらいならなんとかなる！　それに………！」

アスタの問いに答えてから、ゼルは団員たちの顔を見まわした。

「……せっかく手に入れた君の居場所を、これ以上荒らすわけにはいかないだろう？」

「………………」

少しだけ悲しそうな笑顔が、ゼルの老《ふ》け顔《がお》に宿る。

「君がどれだけ血のにじむような思いをしてきたか……どれだけの理不尽をはねのけてきたか、私は知っている」

言葉に詰まるアスタに、ゼルはたたみかけるようにして、

「そんな君が、やっとの思いで手に入れた場所が、ここなんだろう?」

「それは……そうだけど………!」

「だからだ。こんな素性《すじよう》も知れないヤツのために、いち魔法騎士団が動いたことが知れれば、問題になることだって考えられる。それはわかるね?」

「………!」

ゼルの言い分は実に卑怯《ひきよう》なものだった。そういう言い方をすれば、アスタが強く出られないことをわかったうえで言っている。

……しかしその卑怯さが、優しさに起因《きいん》しているものだということもわかっていて、やはりなにを言っていいのかわからないわけで。

「……それにね、アスタ。私はまだ、自分の力でなにも成《な》し遂《と》げていないんだ。生きる希望を持てたのも君のおかげだし、ドミナの居場所がつかめたのもノエルのおかげだ。せめてこれくらいは乗り越えられないようじゃ、きっとこの先、なにも成し遂げられないよ」

なにかを吹っきるように言ってから、ゼルは改めて頭を下げた。

「だから、頼む。行かせてくれ」

「…………」

……アスタは迷っていた。

誰かの一生懸命を汚したくない。その気持ちはアスタにも痛いほどわかった。きっとアスタがゼルと同じ立場に立っても、今の彼と似たような心境になっていただろう。

なにかを成し遂げたいという気持ちもわかる。まして今のゼルは、マリエラに襲われたときのように終えるために無茶をしているわけではなく、始めるための難題を自《みずか》らに課しているのだ。邪魔《じゃま》をしてはいけないなにかが、そこにはあるような気がする。

アスタは迷っていた。

迷っていた、が。

「勝手に進行してんじゃねえよ、ゴラ」

「「っぎゃあああああああアアアァァァァッ!!」」

ゼルとともにヤミのアイアンクローの餌食《えじき》になって、痛みしか感じられなくなった。

「ひとりでなにも成し遂げてないだあ?　知らねーよそんなもん。いい年こいてパティシエ見習いみたいなこと言いやがって」

ふたりを適当なところに放り出したヤミは、まずゼルに向けてそう言い放つ。

「テメエもテメエだ小僧。アホの子のくせして、難しいこと考えてんじゃねー」

次にアスタのほうを向いて、相変わらずどうでもよさげな口調で、

「動くか動かねえかの選択なんざ、魔法騎士団やってりゃあ、この先腐るほど出てくるぞ。そのたびにそうやって、ウジウジ立ち止まんのかよ？」

──しかし、どこか真に迫った口調で、言った。

「そういうときは、まず自分の中の大事なもんをはっきりさせろ。そうしたらそいつを基準に、自分が正しいと思った方向を定《さだ》めて、動け」

へたりこむアスタに歩み寄ったヤミは、今度はアイアンクローを発動することなく、

「そんで、一度やるって決めたら、限界超えてでもやり通せ」

そう言ってアスタの胸を、大きな拳でドンと叩いた。

「それでもどうにもならねえときには、オレらがどうにかしてやる」

「………！」

……そうだ。

なにを迷う必要があったのかと、アスタはヤミの拳を見ながら思う。

自分はもう、魔法騎士団の一員なのだ。

誰かのなにかを守るために、戦うことが許されているのだ。

それをフォローしてくれる仲間が、すぐ近くにいるのだ。

「……うす」

確かに今は、ゼルの意思を尊重するべき場面なのかもしれない。

しかし、そうすることによって失われるなにかがあるのなら、力を貸すべきだ。

力を貸すという行為そのものが、問題行動となってしまうのかもしれない。

だからといってなにもしないのでは、後々になって大きな後悔に繋《つな》がるだろう。だったら、問題行動でも行動しないよりはマシだ。

ヤミの言葉によって頭の靄《もや》がスッと晴れ、やるべきことが明確になっていく。正しいかどうかはともかく、アスタらしい行動の道すじが見えてきた気がする。

けれどやはり、それは自分ひとりには無理だ。

だからまず、アスタがすることは——。

「……ヤミ団長ォォッ！　そんで、皆さんッ!!」

バカでかい声で、団員全員に向けて、呼びかけることだった。

「このおっさん、めっちゃ図々しいおっさんなんスけど、でも、悪いおっさんじゃないんす!!　できれば助けてやりたいおっさんなんです!!」

「ア、アスタ、やめてっ！　いろんな意味でやめてよ！」

涙目になったゼルの制止も聞かず、ものすごい角度で頭を下げた。

「でも、オレひとりの力じゃ無理なんで、力貸してくださぁぁぁぁい‼」

共有スペースいっぱいに響きわたるような大音声《だいおんじょう》。

団員たちはそれを面白《おもしろ》そうに聞き、ヤミだけはうるさそうな顔で耳をふさいでから、

「……だから、最初からそのつもりだっつってんだろ。デケエ声出すんじゃねえよ」

「ちょ、ちょっと待ってくれ！」

自分の意思に関係なくことが進行している。そんな空気を感じとったゼルは立ちあがり、

「さっきも言ったろう⁉　私みたいに素性も知れないヤツを助けたことで、君たちに迷惑が
ぐあああああアアアアァァァァァッ‼」

「うるせーんだよ。おっさんの素性とか究極《きゅうきょく》にどうでもいいわ。聞いたらなに、なんかいいことあんの？　美味《おい》しいパンケーキでも焼いてくれるわけ？」

言いきるより早く、再びヤミのアイアンクローに捕まって、痛みしか感じられなくなった。

「っつーか、魔法騎士団がンなこといちいち気にしてたら、誰もなにも守れねえだろうが」

「………！」

……返す言葉が、なかったわけではない。

私が危険人物だったらどうするつもりだ、とか、そもそも命令もなく戦闘行為をしていいのか、とか。いろいろと反論する余地《よち》はあったのだが、

「そもそもアンタ、『迷惑になる』だとか、『問題になる』だとか、こっちの都合を勝手に決めつけてんじゃねえよ」

そんな心境を見抜いたように、ヤミは有無《うむ》を言わさず言いきった。

「ヤバいことになってる誰かがいたら、とりあえず助ける――こっちの都合は、それだけだ。素性だとか身分だとかに言及《げんきゅう》すんのなんて、それが終わってからでも十分なんだよ」

ヤミは再びゼルを放り出し、代わりとばかりに自分の背後を親指で指し示すと、

「それにアンタ、オレらが誰だかわかってる？」

「！」

そこにはいつの間にか団員たちが勢ぞろいしていて、ゼルは思わず目を剝《む》いてしまった。

「こちとら、最低最悪の魔法騎士団なんです。問題ごとのひとつやふたつなんて、いまさら怖くもなんともねーんです。舐《な》めんな」

ヤミの言葉に呼応するように、ひとりひとりの目に戦闘の意志が宿っていくのを見て、ゼルは今度こそ言葉を失った。

自分のような――急に転がりこんできた正体不明の男のために、どうして彼らは、こんな

にも真摯《しんし》に向き合ってくれるのか……？

「っつーか、たぶんアンタ、難しく考えすぎなんだよ」

そんな疑問すらも見越したように、ヤミは言う。

力強く、とかではなく、特別な思いを込めて、とかでもなく、

「できねーことはできねーでいいんだよ。アンタのできる範囲からはみ出した分は誰かが持つし、逆に誰かのはみ出たとこを、アンタが持つことだってあるだろーが」

ただただいつもどおりの――さも日常風景のありふれたいち場面であるかのような口調で、どうでもよさげに、そう告げた。

「そうやって回ってんじゃねーのかよ、この世の中も、パティシエ業界もよ」

「……あ、あの、お話し中ホントに、ホントに申し訳ないんですけど……」

謎《なぞ》の一言をつけ足《た》すヤミに、フィンラルが恐縮するように近づいて、

「あの、片づけるんならとっととやっちゃいません？　正直、この人数に囲まれてんのって、マジで怖いっス。そんで早く騎士団本部に引きとってもらいましょう」

「理由なんてどうでもいいからさあ、早くヤらせてよ、ね、ね!?」

華奢《きゃしゃ》な身体に紫電《しでん》をまとわせながら、ラックが満面の笑みで続く。

「マグナからもお願いしてよ！　超絶ダサい号の仇討《あだう》ちとかしたいでしょ!?」

「紅零爾威災駆乱号《クレイジーサイクロンごう》な！　っていうか死んでねーし！　角《つの》が折れただけだっつーの！」

柄《え》の部分に牛の頭蓋骨をデコレーションした、なんとも不気味《ぶきみ》な箒《ほうき》を持ちながら怒鳴《どな》るマグナだったが、気をとり直したように拳を胸に当てると、

「それもあるけど、この人数相手にひとりで特攻《ぶっこみ》かまそうとするたぁ、アンタ漢《おとこ》だぜ！　今回だけは特別に、このマグナ様が力を貸してやらァ！」

「今回だけはって……べつに童貞《どうてい》ヤンキーの力なんて、プレミア感ないと思うけど？」

あァん⁉　とマグナにガンを飛ばされた先で、バネッサが妖艶《ようえん》な唇を酒瓶《さかびん》から離した。

「ま、その人がちょっといい男なのは認めるけどね。コードにもいろいろお世話になったし、あたしもちょっとだけイイコトしてあげてもいいわよぉ？」

「テメエら、むだ口が多いんだよ。こうしている間に、何万回マリーの写真をなでできると思ってんだ、ゴラ？」

妹・マリーの写真を大事そうに懐《ふところ》にしまったゴーシュが、鼻血を出しながらヤミに近づく。

「ってわけで団長、攻めこんできた連中はオレが全員ぶっ飛ばしますんで、明日一日は妹と遊ぶための休み——妹休暇をもらいます」

ゴーシュがヤミに蹴《け》られるのと同時、チャーミーの全身からどす黒い魔《マナ》が立《た》ち昇《のぼ》った。

「……外の人たちがアジトまで攻めこんできたらさ……あたしのゴハンとかも、食べられち

「やう……よね？……団長。あたし、本気出す」

「王族の私が、下賤《げせん》の輩《やから》を相手にするのは不本意だけど……しかたがないわね」

口元に食べかすをつけながら、かっこいい顔をするチャーミーの脇《わき》で、ノエルがクールに告げた。

……内心では『どうしよう、わ、私もなにか言わなきゃ……い、今よっ！』なんて思いつつ、ドキドキしながら機をうかがっていたわけだが、それはおくびにも出さず、

「あなたはべつにどうでもいいし……ア、アスタのお願いなんて、もっとどぉぉぉでもいいけど、あなたの大事な人には、少し借りがあるの。そのままにしておくのも気持ちが悪いから、今返してあげるわ」

「そーだぞ！　借りりっつったら、オレだってまだ返しきれたとは思ってねーからな！」

決まった、とばかりにツインテールの位置を直すノエルを押しのけて、アスタが怒り口調で割って入る。

「他のことでは図々しいくせに、大事なときだけ変に遠慮してんじゃねーよ！」

「…………」

……ゼルは、アスタがここの団員だと知ったとき、少し意外に思っていた。

確かにアスタに魔力はない。しかし彼の伸びしろを考えれば、もっと実績も武力も兼ね備

えた——それこそ『金色《こんじき》の夜明《よあ》け』や『紅蓮《ぐれん》の獅子王《ししおう》』のような——騎士団に引きとられていて然《しか》りだと思っていたからだ。こんな武力だけに特化した騎士団では、アスタの良さは活《い》かせないと、そんなふうに考えていた。

　しかし今、はっきりとわかった。

「皆さんもいいっつってくれてんだから、おとなしく頼《たよ》っとけよ、おっさん!!」

　強者の武力を持ちながらにして、弱者のためにそれを使える人たちの集まり。

　こんな得体《えたい》の知れないやつにまで、当然のように力を与えてくれるような人たちの集まり。

　アスタが身を置いているのは、どうやらそういう集団のようだ。

「……改めて、協力を要請《ようせい》してもいいかな?」

　そういうことなら、なるほど、確かに。

　彼の良さを活かすのに、これ以上適正な騎士団はないだろう。

　——それならば。

「マジで困ってる。お願い、この状況なんとかして」

「最初っからそう言やあいいんだよ」

　舌打ちと同時に紫煙《しえん》を吐きだすと、ヤミは団員全員に向き直った。

「はい注目〜。当事者もうるせえこと言わなくなったんで、これから改めて、オレに上等ぶっこいた連中を、楽しく血祭りにあげたいと思います」

……そのために誘導したの？　なんて言おうと思ったが、ゼルはひとまず飲みこんだ。

迷惑をかけて申し訳ないとか、自分はなにも成し遂げていないとか、そういうことを考えるのもひとまずは後回しだ。

彼らのおかげで、そう思うことができた。

ドミナの手がかりはつかめず、かといって刺客は途絶《とだ》えず、行動範囲が制限されていくだけ。アスタと別れてからそんな日々を送っていたゼルは、どこか焦っていたのかもしれない。

だからドミナの行方《ゆくえ》がつかめた今、今までの不甲斐《ふがい》なさを穴埋めしようと、無茶《むちゃ》な特攻をしかけようとしてしまった。目標のひとつをやり遂げた教え子を前にして、自分もなにかしなければと、無理に意気ごんでしまった。

ちょっと落ち着けよと、誰かに頭をひっぱたかれるタイミングだったのかもしれない。

率先《そっせん》してそれを実行してくれた彼には、そういった意味でもお礼を言わなくてはならない。

「なに晴れ晴れした顔しちゃってんだよ。まだなにも解決してねえんだけど」

「ぐあああアアァァッ!!」

三分に一回アイアンクローを食らうという家訓《かくん》でもあるのだろうか、この家は。

「じゃ、作戦発表すっから、お前らちょっと寄れ」

ゼルを適当な所にぶん投げると、ヤミは太い指にタバコを挟《はさ》みこんで、

「どこの誰にケンカ売ってんのか、外のアホどもに思い知らせるぞ」


「こちら一班斥候《せっこう》。ターゲットが逃げこんだ建物まで、二十メートルをきりました」

ゆっくりと、しかし確実に、通信魔法《つうしんまほう》で密に連携をとり合いながら、四つの小隊は建物を取り囲んでいく。このままなら屋内に突入をかけるのに、あと三分もかからないだろう。

奇襲《きしゅう》作戦としては順調だったが、不気味でもあった。というのも、完全に魔《マナ》の感知圏内には入っているのだが、相手になにも動きが見られないのだ。

こちらも魔《マナ》の感知をしながら慎重に近づいているので、中に人がいることはわかっている。にもかかわらず、迎撃《げいげき》するような動きはもちろん、逃げるそぶりすらも感じとれないのだ。

どんなに策を練《ね》ったとしても逃げきれるような布陣《ふじん》ではないのだが、それがわかっていたとしても、降参《こうさん》や出頭の動きすらないのは妙だった。

そんな疑問を孕《はら》みながらも、さらに距離を縮めようとした、そのとき。

――ザアアアアアッ!!

突如《とつじょ》として、水流で作られた半球状のバリアによって、建物全体が覆《おお》われた。

迎撃ともとれる動きに、こちらの隊列が僅《わず》かに乱れた、そのとき、

「全隊員に通達！　正面玄関から、ターゲットと見られる男が出てきました！」

建物の中から堂々と走り出てくるファンゼルの姿が、一同の視界へと飛びこんできた。

「ターゲットは一班と二班の間を抜けて逃走しようとしている模様！　三班と四班も合流して集中包囲しろ！」

全体に向けて指示が飛《と》び交《か》う中、単身で飛び出てきたファンゼルを、一班と二班が魔法攻撃で牽制《けんせい》しつつ追う。それに追従する形で、三班と四班も包囲網を崩《くず》してその後に続いた。

——つまり一瞬だけ、全員がアジトに背を向ける形になった。

「雷創成魔法《かみなりそうせいまほう》〝迅雷《じんらい》の崩玉《ほうぎょく》〟」

「炎魔法《ほのおまほう》〝獄殺散弾魔球《ごくさつさんだんまきゅう》〟ッ!!」

「!!」

がら空《あ》きになった背後から飛んできたのは、うなりをあげて直進する雷《いかづち》の球と、不規則な軌跡《きせき》を描く炎の球だった。

「ぐおおおお!?」

「うわっ、うわあああっ!!」

おびただしい数のそれらが着弾した地面は弾《はじ》け飛《と》び、その余波を食らった隊員たちは、な

にが起こったかもわからないまま吹き飛ばされた。

「あれ、なんだよおい、奇襲成功しちまったぞ。もしかしてこいつら、あんまり強くねえ？」

「あはは、いいよそれでも！　人数だけはいるみたいだからさ、膝《ひざ》のお皿が砕けるまで遊んでもらおう！」

　魔法を放ったと思われるふたりが、いつの間にか出入り口の前に立ちはだかっていた。

「一班、二班は引き続きターゲットを追え！　三班と四班で負傷した者をカバーしつつ、あのふたりを迎撃！」

　彼らが何者かはひとまず捨ておき、現場指揮の男はそのような指示を下す。先ほどは不意を突かれたが、しっかりと迎撃態勢をとったうえでなら、魔道士のふたりなど問題ではない。

「――お前が司令塔か」

「!!」

　真上からそんな声がしたので、視線をそちらに向けると、

「なるほど。オレとマリーのハニータイムを邪魔しそうな顔をしてやがる」

　箒の上に立った青年と、彼を取り巻くようにして浮遊する無数の鏡が、降ってきた。

「鏡魔法《かがみまほう》〝リフレクト・リフレイン〟」

　青年の詠唱《えいしょう》とともに、鏡のひとつから一条の光が放たれた。それが別の鏡に反射し、また

それが別の鏡に跳ね返される。それを繰り返していくうちに、一条だった光は加速度的に増殖を続け、

「……おい、おい！　なんだよこの魔法っ……っがあああああ!!」

「支援小隊！　索敵いいから前線に来い！　なんかわからねえけど、こいつらヤベエ！」

それが十重《とえ》二十重《はたえ》に張り巡《めぐ》らされる頃には、十数人の隊員たちが光の奔流《ほんりゅう》に蹴散らされ、現場指揮の男も光の直撃を食らって、白目をむきながら宙を舞っていた。

とはいえ、まだ人数の利はこちらにある。先ほど誰かが叫んだように、小隊ふたつ分——二十人の隊員たちが後続に控えているのだ。彼らが前線にやってくれば、すぐにでも戦局のイニシアチブはこちらに傾いて……。

「ほ、本隊！　助けてくれ！　こいつら、後ろからも来て……うおおおおオォォ!!」

そんな声が響いたと思ったら、大地が大きく揺れて、

「綿創成魔法《わたそうせいまほう》〝眠《ねむ》れる羊《ひつじ》の一撃《いちげき》〟」

後続の小隊にいたはずの数名が、信じられないようなサイズの羊（?）の鉄拳を受け、空を舞った。

「何人《なんぴと》！　たりとも！　我が！　ご飯にィッ!!」

猛威を振るう羊（?）の前では、ひとりの少女が短い手足を振り回しながら叫んでいる。

「触《さわ》ること、なかれええエエェエェッ！」

「どういうことっ⁉」

なんていう悲鳴もろとも、後続の隊員たちが次々にお空の星になっていった。

パニックだった。

開戦の合図もないまま、ゲリラ的に始まった森林戦。しかも開始数秒で編隊は大きく乱れ、現場での司令塔も失い、後方支援も期待できず、激しい追撃によってガリガリと人数を削《けず》られている。

しかし隊員たちの混乱は、そこで終わりではなかった。

「団長ーっ！　このへんまでおびき寄せればいいですか？」

勢いよく走っていたファンゼルがいきなり立ち止まり、上空を向いてそんなことを叫ぶ。

「おー、いいぞ。だいたい全員射線に入った」

レスポンスしたのは、野太く、そしてすごく楽しそうな、声。

数瞬遅れて仰《あお》ぎ見《み》た隊員たちは、見た。

筋骨隆々とした大男が、アジトの屋根から飛び降りて、地面に向けて勢いよく刀を振り下ろすのを。

「――闇魔《やみま》法《ほう》〝闇纏《やみまと》い・無明斬《むみょうぎ》り〟」

その刃《やいば》の延長線上から、黒い三日月状の魔力が放たれ、それがとんでもない速さで自分たちに向かってくる、絶望的な光景を見た。

「「「えええええええエエエェェェェェッ!!」」」

大地に深々と突き刺さった破壊の刃は、その衝撃波だけで隊員十数名を宙に打ちあげ、周囲の木々すらも大きく震えさせた。

「おー。さすがに直撃食らったバカはいねえみたいだけど、けっこう削れたな」

ズシンッ! と砂埃《すなぼこり》の立つ大地に降り立った巨漢《きょかん》は、刀を肩に担《かつ》ぎながら、

「そんじゃ、おっぱじめるか」

……まだ始まってなかったの?


……なにが……起こっている………っ!?

「オラオラどうしたァ!? 紅零爾威災駆乱号《クレイジーサイクロンごう》の痛みは、こんなもんじゃねえぞォォ!?」

空間魔法で現場付近までやってきたガレオは、目の前の光景に対してそう思った。

「あはは、あは! 楽しいな、楽しいなあ! やっぱり週末は、無差別大量虐殺《ぎゃくさつ》に限るよね!」

あたり一面、炎と雷の球が飛び交い、怪光線が迸《ほとばし》り、黒い刃《やいば》が走り抜け、そして羊(?)

が荒ぶり、

「ああ……マイリトルスイート。お兄ちゃんは今日も、マリーのためになにかをひね り潰《つぶ》しているよ」

　爆風が巻き起こり、草木は爆《は》ぜ、大地に巨大な穴があき、

「あたしのゴハンを食べるヤツは、お前か！　お前か！　お前かああァァッ！」

　隊員たちは、吹き飛ばされ、もんどりうち、叩きつけられ、打ちあがり、

「お前らやりすぎんなよ。手足と頭は残しといてやれ。あとでオレが引っこ抜くから」

　ヤベエやつらの制圧攻撃によって、次々と戦闘不能に陥《おちい》っていた。

　なにがヤベエって、単純に彼らの戦闘能力の高さだ。

　各都市から寄せ集めたとはいえ、こちらの隊員たちの戦闘能力は決して低くない。部隊としての連携行動に不慣れなことを差し引いても、十分な仕事をしてくれる精鋭揃《せいえいぞろ》いなのだ。

　そんな隊員たちが、彼らの災害みたいな魔法攻撃によって、反撃すらままならず、紙きれみたいに吹き飛ばされている。

　おそらく、彼らが水のバリアによってアジトを守ったのは、こちらからの魔法攻撃を防ぐためではない。

　彼ら自身の魔法によって、アジトが損壊することを避けるためだ。

こいつらいったい、何者……!?

「お！　なんか偉そうな格好したやつ発見！」

「うおぉっ⁉」

動揺したことによって魔《マナ》の感知が鈍《にぶ》っていたらしい。すぐ背後に差し迫っていた何者かに、ガレオは羽交《はが》い締《じ》めにされてしまった。ジタバタともがきながら、わずかに視界を後ろに動かすと、

「……貴様《きさま》、ファンゼル！」

軽薄な笑顔を浮かべたターゲットと、至近距離で目が合った。

「や、やめろ！　オレには手を出すな！　人質がどうなってもいいのか⁉」

「ん？　なんか言ってることが小物臭《こものくさ》いなー。やっぱり下《した》っ端《ぱ》か？　そもそも人質なんてどこに……」

「ドミナント・コードだ！　ヤツの元に、今マリエラが向かっている！」

小バカにしていたマリエラの『保険』を切り札にすることになるとは思わなかったが、ともかく。

「コードの潜伏《せんぷく》場所がバレていないとでも思ったか？　とっくに判明していたぞ！　ただ、この国の魔法騎士団のお膝元《ひざもと》だったからな、手が出しづらかっただけだ。しかしこうなった

以上、ヤツも交渉材料のひとつだ！　拉致《らち》して人質にでもなんでもなってもらうさ！」

これもガレオ本人ではなく、マリエラの言を借りただけだったが、ファンゼルが押し黙っているところを見ると、効果はてきめんであるらしい。

「わかったら、そいつらにも攻撃をやめるようにいだだだだだだっ⁉」

と思ったのに、まさかいきなり関節を極《き》められることになるとは。

「っはー。やっぱりすごいな、団長は。本当に言ってたとおりの展開になってるとは」

「……な……に？」

ギリギリとガレオの腕を締めあげながら、ファンゼルはニッコリと笑う。

——あまり、彼の顔には似合わない笑い方だった。

「ドミナ某《なにがし》とやらの保護には、うちの団員が空間魔法で行ってるよー。居場所も細かくわかってるみたいだから、今頃合流したあたりじゃないかな？」

「………っ⁉」

痛みと混乱、そして強めの絶望によって、今度こそガレオの思考は停止状態に陥った。

「っていうか、そもそも」

ファンゼルがそう言ったとたん、彼の全身が靄のようなものに覆われて、みるみるうちに瘦身《そうしん》が膨《ふく》れあがっていく。

「!!」

ファンゼル――いや、ファンゼルの姿に化けていた何者かは、数瞬のうちに身《み》の丈《たけ》三メートルを超える大男へと姿を変え、「フシュー」みたいな吐息《といき》を吐き出した。

「自分、ファンゼルって人じゃないし」


「どんだけ迎えにくるの遅《おせ》えのよ、このヤドロクッ!!」

闇市へとドミナを迎えにいったゼルに、ノーモーションからの鋭いパンチが突き刺さった。

「はぶッ!!」

闇市の一角で披露された華麗なKOは、一瞬だけ人目を引きつけたが、すぐに昼すぎの活気へと溶けこんでいく。それをよいことに、ドミナは倒れ伏したゼルのマウントポジションをとって、さまざまなパターンを織りこんだコンビネーションパンチを打ち始めた。

「こんな、か弱い、女子を、こんなに長い間、放置しやがってえぇぇエエェッ!」

「や、やめてあげてくださいよ、ドミナさん! アンタらのふだんのスキンシップ知らねえけど、一撃一撃にそんな腰入れて打つことないっすよ!!」

思っていた再会の感じと違う! なんて思いながら、ふたりを止めに入ったのはアスタだ。

その背後では、呆《あき》れた様子でノエルが腕を組み、そのさらに背後では、フィンラルが苦笑《くしよう》しながらほっぺたを掻《か》いていた。

ヤミの策とは、つまりこういうものだ。

当初の予定どおり、ゼルはフィンラルの空間魔法でドミナの元へ向かう。ドミナにも追手が行っていたときのことを考えて、ノエルとフィンラル、そしてアスタはこれに随伴《ずいはん》。

一方アジトでは、ゼルに扮《ふん》したグレイが敵たちをかく乱し、その隙《すき》に残りの団員たちが出動。あとは各自で、誰になにをやったかを敵の身体に教えこむ、と。

後半は作戦というより危険思想の気がしないでもないが、あの人たちがそうすると言っているのだから、きっと今頃そうなっているのだろう。

そしてこちらのほうも、危惧《きぐ》されていた刺客の影もなく、

「本当に、ひぐっ、心配っ、だったんだからねえっ‼」

「いやだから、ごめんって！　でも！　予定にない場所に潜伏してたそっちも悪っ……痛っ！　目！　目はやめて‼」

なんとか無事、ふたりを再会させることができたようだった。

「あら、いやだ！　あたしったら、人前でお見苦しいところを！」

お見苦しい顔になっているゼルを放り出し、ドミナは一同に向けて深々と頭を下げた。

「『黒の暴牛』の人たちだよね？　ドミナント・コードです。詳しい事情はわからないけど、わたしの大事な人を連れてきてくれて、本当にありがとう！」

「……いや、はは、オレは本当に、ただ連れてきただけなんで」

『大事な人』の腫《は》れあがった顔を見ながら、フィンラルは思った。自分も気をつけよう、と。

「お嬢ちゃんもありがとう！　ちょっとサービスしただけで、こんなことしてもらえるなんて……やっぱり、ブルースの目に間違いはなかった、ってことなのかしら」

「……どうかしらね。関係ないと思うけど」

実際、ノエルのしたことはそう多くはない。しかし、自分のしてきたことの延長線上に今があるのなら、ブルースの死がまた違った意味を持った気がして、少しだけ嬉しかった。

「……それとその呼び方、子ども扱いされているみたいで不愉快よ。私の名前はノエル・シルヴァ。覚えさせてあげてもいいわ」

「ふへへ、はいはい。ノエルちゃんね。それと……えーと、君は」

ドミナはノエルを愛《いと》おしそうな目で見てから、その横のアスタへと視線を振る。彼は目を輝かせながらドンと胸を叩いて、

「アスタっす！　魔法騎士団として、当たり前のことをしたまでです！」

「ありがとう！　ふへへ、そっか、君がアスタくんか。話に聞いてたとおり、ガッツありそうな顔してるわ」

「あざっす！　……って、え？　誰から聞いてたんすか？」

アスタは小首をかしげた。バネッサやノエルと違って、アスタはドミナと直接的な面識はない。ふたりから聞いていたのだろうか？

「誰って、その子からに決まってるじゃない」

ニコニコしながらドミナに指差された先。一同の背後には、

「――まあ、わたしが言ったのは『身長と元気の反比例』ですけどね」

「!!」

マリエラが、佇んでいた。

「オマエッ、いつの間に!!」

さすがに街中《まちなか》で剣を抜くことはできなかったが、アスタはすぐさま身構えた。ゼルもドミナを連れて距離をとり、剣の柄《つか》を握りながら周囲を見回している。

再びマリエラにハメられた。それはわかっていた。

しかし合点がいかないのはドミナの態度だ。彼女はあたかも、マリエラが協力者のような口ぶりだった。まさかドミナもすでに、替え玉へとすり替えられていて……。

「なに考えてるか知りませんけど、べつに物騒なことなんてしませんよ。そもそも、女の子ひとりになにができるっていうんですか」

「教師を集団で囲んでボコったろうがよ！　どうせまた同じようなこと考えて……え？」

意気ごむアスタにマリエラから手渡されたのは、達筆な字で但《ただ》し書《が》きがされた地図と。

彼女自身の、魔導書《グリモワール》だった。

「こちらに敵意はありません。けど、わたしに利用されてください」


「……『黒の暴牛』っ⁉」

グレイによってヤミの前に引き立てられたガレオは、顔色を悪くしながらそう叫んだ。

空間魔法を使えば、隙を見て逃げることはできなくもなかったが、その前に彼らが何者なのかをはっきりさせておこうと、責任者への面会を求めたところ、

「……あ、アンタたちが、あの、『黒の暴牛』……なのか？」

そんな最悪の事実が、発覚してしまった。

「〝あの〟がどの〝あの〟か知らねーけど、そーだっつってんだろ。デケエ声出すんじゃねえよ」

ヤミに白刃《しらは》を突きつけられながら、ガレオは改めて彼らのローブを見る。混乱していて気づくのが遅れたが、確かにいかつい牛のマークが刺繍《ししゆう》されていた。

『黒の暴牛』――この国で諜報員をしていれば、嫌《いや》でも耳にする名前だ。武功よりも被害額のほうが多い、とか、『黒』という文字には、労働環境がブラックという意味が込められている、とか、とにかくヤベエやつらの吹《ふ》き溜《だ》まりだという話だ。

「なんか今、失礼なこと想像しなかった？」

「い、痛い！　食いこんでる！　食いこんでる刃先が！」

　心を読むという話は聞いたことがないが、ともかく、彼らの圧倒的な暴力によって、何人ものダイヤモンド王国の魔道士が血祭りにあげられている。

　間接的にではあるが、ガレオも彼らの被害にあったことがある。リャッケという町の魔法学校に送りこんだ部下――ハリスという男が、ヤミの手によって捕《と》らえられたのだ。

……いや、直接的被害、といってもいいかもしれない。ハリスが捕まったことが、今回の奇襲作戦に結びついたからだ。

　たかだかいち都市のスパイをあぶりだすためだけに、魔法騎士団の団長クラスが出張《でば》ってきたのだ。ということは国の方針として、諜報員狩りに有能な人材を投入し始めた――これもマリエラの意見だったが――という見方もできる。それゆえに、ファンゼルの捕縛《ほばく》も早急に行う必要があるとマリエラに急《せ》かされ、今回の大規模作戦を許可したのだ。

……しかしその選択が、結果として一番ヤバい形で裏目に出て、間接的どころかド直球な直接的被害に結びつくなど、誰が予想できただろうか。

……いや、待て。

(……アイツになら、できたはずだ)

突然呼び出されたガレオや、他の隊員たちには無理だが、ひとりだけ、こうなることを予期できた人物がいたはずだ。

(マリエラ……!)

ファンゼルがここに連行されていく際、彼女は彼らのローブを見ているはずだ。ということは、ここが『黒の暴牛』のアジトだと、わかっていたということになる。

考えてみれば最初からおかしかった。本当に慎重を期すのであれば、ドミナを誘拐《ゆうかい》してからことを起こすのでも遅くなかったはずだし、そもそもふだん慎重な彼女が、なんの施設かもわからない建物を襲撃させたのも不自然だ。

(まさか……!)

「最初から壊滅させるつもりで、あの大人数をアジトに攻めこませたのかよ!?」

「はい。どうせ、ほうぼうでろくでもないことをしてた連中だったんで、いいかなって」

とんでもない真相に目を剥くアスタに、マリエラはいともあっさりと頷《うなず》いてから、

「で、その間にわたしは闇市に来て、ドミナさんに接触。先生が迎えにくることを伝えて、準備を促《うなが》していたわけです。まあ、こんなに早く来るとは思っていなかったですけどね」

言ってから、いまいち事情が飲みこめていない様子のドミナに視線を振った。ノエルとフィンラルの理解も置き去りにして会話を進めてしまっているわけだが、アスタだって理解不能な事態だ。ほかのことにかまってはいられなかった。

「その地図には、わたしが調べた安全な逃走経路が書いてあります。そのあたりまで逃げてもらえれば、わたしたちもそうそう簡単には手が出せません」

「……なんで、お前がそんなことをしてくれんだよ？」

今までゼルに敵対行動をとっていた少女が、唐突《とうとつ》にそれをやめたばかりか、自らの地位を揺るがしかねないような形で協力をしてくれているのだ。アスタは疑問に思わないわけがなかった。

「地方都市に放っていた者たちも含め、六十余名の刺客たちを一斉検挙《いっせいけんきょ》。おまけに先生とドミナさんにも逃げられる……今回の失態で組織がこうむる被害は、計《はか》り知《し》れないものになる

でしょう」

「だから、だったらなんで………⁉」

「復讐ですよ。わたしから、組織に対してのね」

その眼には、明確な怒りが宿っていた。

「先生と同じです。わたしももう、こんな仕事してるの疲れました。でも、先生たちみたいに一生逃げ続ける覚悟もないですから、最後に一発でっかい復讐をやって、魔法騎士団に出頭することにしたんです」

「したんです……って」

あっさりととんでもないことを言う。しかし、嘘《うそ》をついているようには思えなかった。

「というか、こういうことができるタイミングを、かねてからうかがっていたんです。そんなときに、『黒の暴牛』のアジトに先生が連れこまれるのを見たものですから、ああ、この人たちに部隊をぶつければ、全滅させてくれるな、と」

(ヤミさんには言えねえええええエエエエェェェッ‼)

事情はよく飲みこめないながらも、フィンラルは胸中でそんな絶叫をあげた。自分が個人のために利用されたと知ったら、あの破壊神はどんな反応をするか。想像するのも恐ろしかった。若いって怖い。知らないって怖い。

「結果はこのとおり、ドミナさんと先生は再会できて、すぐにでも逃亡できる状態にある。アジトに攻めこんだ隊員たちも、今頃拘束されている頃でしょう。で、わたしは晴れてあなたたちに捕まって、犯罪者として平和に収監《しゅうかん》されるというわけです」

「……本気で、そんなにうまいこといくと思っているの？」

ここまで沈黙を守ってきたゼルが、眼光鋭くマリエラに言った。

「今まで君がしてきたことからして、重い処罰が下される可能性もあるし、収容所の中だって、組織の報復《ほうふく》を受ける可能性もある」

あるいは、二重スパイとして危険な任務に駆《か》り出《だ》されることだって、十分に考えられる。

「それならそれでいいです。死以外なら甘んじて受けます」

なんとも適当に返してから、マリエラはアスタに向いて、

「アスタくん、あのとき先生に言いましたよね？　『生きていく希望や理由は自分で見つけていくものだ』って」

「……おう。それがなんだよ？」

「上から目線でウザかったです」

「悪かったな！」

「でも、ちょっとだけしびれました……かっこよかったです」

マリエラがアスタを見る目が、心なしか熱を帯《お》びた気がして、ノエルは少しムッとした。

「わたしは小さいころから、離反者《りはんしゃ》を殺すっていう仕事をすることで生かされてきました。そこにわたしの意思はなくて、死にたくないからやってるだけで、でもわたしが手をかける人たちは、一生懸命生きようとしている人たちで……なんか、自分がなにをしたいのか、よくわからなくなってました」

生きる理由のない人間が、生きる理由のある人間を、義務の名のもとに誅殺《ちゅうさつ》する。

その心労がいかほどのものなのか、アスタには想像することしかできないが、

「……死んだほうがいいのかなって、思ったりもしてみました」

……少女の心をそこまで削るくらい、しんどいことではあったようだ。

「でも、アスタくんが先生にそう言っているのを聞いて、先生が前向きに頑張っているのを見て、思ったんです。死ぬくらいの覚悟があるんだったら、生きる理由を見つけるためにそれを使ったほうが、いいんじゃないかって」

それまでの葛藤《かっとう》をねじ伏せるようにして、マリエラは告げた。

「わたしに下される処分は、リスタートするための代償と、今まで殺してきた人たちへの贖《しょく》罪《ざい》だって考えています。だからどんな重い罰《ばつ》でも、受けなきゃダメだと思うんです」

「マリエラ……」

彼女の行動理由——巻きこまれた側はたまったものではないが——はわかった。それに伴う決意もわかった。しかし、その理論はいくつか破綻《はたん》していると、アスタは思う。

彼女が犯《おか》してきた罪の中には、彼女の意思とは関係のないものも含まれているからだ。

その分の罰《ばつ》も含めて背負《せお》うというのは、考えようによっては美徳なのかもしれない。しかし、それではあまりにも……！

「ふざけるなあああアアアァァァァァァッ！」

そんな逡巡《しゅんじゅん》を吹き飛ばすようにして、一同の背後から怒鳴《どな》り声《ごえ》が飛んできた。

「小娘が、クソ、クソッ！　そんなくだらないことのために、オレを利用しやがって!!」

声の持ち主は、ボロボロの格好をした中年男だ。彼はものすごい形相でマリエラを睨みつけ、通行人を押しのけるようにしてこちらに向かってきた。

「ガ、ガレオさん！　アナタ、中隊長なのに部隊を見捨ててきたんですか⁉　ひどいです！」

「ああ!!　隙を見て空間魔法で逃げて……というか、お前にだけは言われたくないッ！」

そこにいる全員が思った。このやりとりに関しては、たぶんガレオが正しいと。

「そんなに処分されたいなら、今ここでオレがしてやるッ！」

「……みなさん、逃げてください、あのおじさん、言ってることはいちいち小物臭いですけど、魔法はちょっと面倒くさいです」

マリエラは一同に向けてそう言い残し、アスタから自分の魔導書《グリモワール》をひったくって、ガレオへと向かっていった。

しかし、

「……っ⁉」

有無《うむ》を言わさずに追ってきたアスタとゼルが、マリエラの前に進み出ると、

「空間創成魔法《くうかんそうせいまほう》〝開《あ》かずの赤《あか》い部屋《へや》〟‼」

ガレオの放った魔法へと、マリエラもろとも飲みこまれていった。


「──よけいなやつらも釣れたようだが、まあいい！　まとめて刻《きざ》んでやる‼」

魔法騎士団の入団試験会場くらいの広さはあるだろう、半球状の真《ま》っ赤《か》な空間。

三人がそこに降り立つのと同時、その数メートル前方に降り立ったガレオは、鋭く吠《ほ》えながら手をかざした。

「空間創成魔法〝狭間男《はざまおとこ》〟‼」

とたん、何本もの赤い煙が地面から立ちのぼり、だんだんと人の形を成していく。しかも全員が、剣のような鋭利な得物《えもの》で武装していた。

「なんだよ⁉　この気持ち悪いやつら！　そんでこの気持ち悪い部屋‼」

そうしてできあがった数十体の赤い人たちに、アスタたちは全方向から完全に包囲された。

「ここはガレオさんが魔法で作り出した空間で、この気持ち悪い人たちは、ここでしか生み出せない魔法兵士です。強いです……っていうか」

マリエラは氷魔法《こおりまほう》で兵士たちに攻撃を加えながら、冷《さ》めた視線をアスタに振った。

「なにやってるんですか、あなたたち？　効果も知らない魔法の前に身を投げ出すなんて……あれが攻撃魔法だったら、死んでたかもしれないんですよ？　バカなんですか？」

「うるせえな！　誰かを見殺しにするくらいだったら、バカのほうがマシだっつーの！」

アスタは大剣を手に勢いよく踏みこむと、兵士に向けて思いきり振りかぶった。

「それにっ‼」

鋭い風切り音を伴った横薙《よこな》ぎの一閃は、数体の兵士を一瞬にして霧散させる。

「あの頃とは違って、オレは魔法騎士団の――『黒の暴牛』のアスタなんだよ！　困ってるやつがいたら、助けたいときに助けたいだけ助けていいんだよ！　ざまあみろ‼」

振りぬいた大剣を反転させて、別の一体に逆袈裟《ぎゃくけさ》の斬撃《ざんげき》をお見舞いする。返す刃でさらに一体を倒し、横手から攻撃してきた一体には、勢いのたっぷり乗った唐竹割《からたけわ》りを食らわせた。

あのとき――ドミナを探す旅に出るゼルを見送ったとき、アスタは悔《くや》しかった。本当はドミナが見つかるまで旅に同道して、もっといろいろ手助けがしたかった。

しかしゼルが言ったように、アスタがそれ以上戦うことによって、無関係な誰かの平和が脅《おびや》かされてしまうと考えると、どうしてもその一歩が踏み出せなかった。

今は、違う。

村の少年だったあの頃とは違って、魔法騎士団という肩書を手に入れた今。

アスタが戦うということは、誰かの平和を守ることに直結している。

無関係な人を巻きこむことを考えなくてよい。助ける理由だって自分で決めてよい。

ヤミの言ったとおり、アスタが正しいと思った方向に、存分に力を振るってよいのだ。

「ってわけだから、助けられつつサポートしやがれっ！」

あの頃にはなかった理由づけを後《うし》ろ盾《だて》に、アスタは兵士たちをなぎ倒していった。

「……なん、で。敵なんかの……わたしなんかのために、こんな………！」

「『なんか』なんて言うな。またアスタに怒られるよ」

マリエラが無意識につぶやいた一言を拾《ひろ》いつつ、ゼルは四方に向けて風の剣を飛ばした。

一瞬動きを止めていたマリエラも、ゼルと背中合わせになって攻撃を再開する。

「それに、相手が誰だろうが関係ない。目の前で困っている誰かがいれば、それはアスタにとって、救うべき相手として認識されるみたいだ」

　ゼル自身も、それを知ったのはついさっきなのだが。

「……そんで、彼ほどおおらかにはなれないけど、教え子が不相応な罰を受けようとしているのなら、私だって助けたいと思う」

「……それは、どういう？」

「詳しいことはこの場を切り抜けたら話すよ。とりあえず今は、アスタをサポートしつつ、目の前の敵を減らすことに集中だ」

　言ってからゼルは、鎧袖一触《がいしゅういっしょく》の活躍を見せるアスタに向いた。彼は縦横無尽《じゅうおうむじん》に大剣を繰《あやつ》り、敵の動きを読むようにして立ち回り、すさまじい勢いで兵士の数を減らし続けている。

　ゼルと別れたあのときよりも力は増し、位置どりなどもはるかにうまくなっている。

　確実に、彼の夢へと近づいている。

　目の前の敵に集中。そう言っておいてなんだが、ゼルはこんなことを思ってしまう。

　アスタは――私の最後の教え子は、本当に強くなった、と。

「先生、後ろ！」

　おかげで、後頭部に一撃を受けてすっ転んだ。

……けっこうしんどいっ！

ゼルが張り倒された一方で、アスタもそんなことを思っていた。

すっかり忘れていたが、アスタはまだ本調子ではない。いつもの調子で動き回れるタイムリミットは、いつもよりずっと短いもので、そしてその限界のラインは少し前に超えている。

「……アスタ、大丈夫か⁉　すごい顔色になってるよ⁉」

ゼルが心配そうに聞いてくる。

「……っいや、まだまだ余裕だっつーの！　それより、自分の心配しとけよ！」

ゼルだって手負いの身だし、マリエラの戦闘能力もそこまで期待できるものではないようだ。自分が倒れるわけには、絶対にいかないのだ。

それに実は、アスタはそこまで焦ってはいなかった。

「空間魔法〝次元震《じげんしん》〟！」

「つぐぅ‼」

いつの間にか背後に回っていたガレオに、衝撃波のようなものを放たれて、アスタはきりもみしながら吹っ飛ぶ。すぐさま攻撃に転じようとするが、その時すでに、目の前には剣を大きく振りあげた兵士が立ちはだかっていた。

防御も回避も間に合わない。位置的にゼルやマリエラからのサポートも期待できない。

ヤバい、と、脳みそが認識した、その時、

「――水創成魔法《みずそうせいまほう》〝海竜《かいりゅう》の巣《す》〟!!」

アスタの身体を水の障壁が覆って、周囲にいた数体を派手に弾き飛ばした。

「……遅いっスよ。ふたりとも」

ニヤリと口元を吊りあげてから、ゆっくりと立ちあがった。上を見ると、

「いやいや！　人が作った空間に穴あけるなんて、初めてだったんだよオレ⁉　ベストタイム叩き出したほうだと……って、なんかヤバいことになってる⁉」

「バカアスタ!!　なにも考えずに無茶するんじゃないわよ！」

空間にあいた穴から、フィンラルとノエルが降ってきて、アスタの両脇を固めるようにして身構えた。

そう――こんな窮地《きゅうち》に陥っても、アスタはひどく焦ってはいなかったのだ。

「悪かったよ。そんで、助けてくれてありがとう!!」

このふたりなら、絶対に来てくれると信じていたから。

このふたりだったら――『黒の暴牛』の仲間だったら、限界を超えてでもフォローをやり通してくれると信じていたから、アスタは安心して無茶なことができたのだ。

「……べつに、アナタのためじゃないわよ。あくまで仕事としてなんだから」

なぜかほっぺたを赤くしながらノエルが言って、直後に少し表情を曇らせた。

「というかアナタ、顔が真《ま》っ青《さお》よ？　汗もすごいし……」

「久々に動いたから、身体がちょっとびっくりしてるだけだよ！　どーってことねえ！」

応じつつ、〝海竜《かいりゆう》の巣《す》〟から飛び出る。正直、こうして立っているだけでもしんどかったが、それを無視して大剣を構えた。

フィンラルが空間魔法の限界を超えてこの場に来てくれたように、ノエルが反射速度の限界を超えて〝海竜《かいりゆう》の巣《す》〟を作ってくれたように。

オレだって、活動の限界くらい超えてみせる。

「まだまだこんなもんじゃねえぞ、オラアァッ!!」

倦怠感《けんたいかん》をねじ伏せるようにして、アスタは目の前の敵へと切りこんでいった。


そこからは早かった。

アスタの死角から攻撃をしてくる兵士たちは、ノエルの水球によって次々と弾き飛ばされ、彼女が取り逃がした兵士は、フィンラルの空間魔法で作った落とし穴へと落とされていく。

ゼルとマリエラの協力もあって、着実に兵士の数を削っていた。

　――そして、ついに、

「おらあぁぁァッ！」

「……っひ！」

　アスタが最後の一体を切り伏すのと同時、ガレオは空間魔法で逃《のが》れようとしたようだが、

「させないよ……っと！」

「っく！」

　空間魔法でガレオの背後へと現れ出たフィンラルが、彼の身体を組み伏せる。それを合図としたように、一同でガレオの周《まわ》りを包囲するような形となった。

「観念してくださいガレオさん。いつだって勝利を手にするのは、正しい行いをした者です」

「うるせええっ！　というか貴様ら！　そもそも、このふたりが何者か知っているのか⁉」

　最後の悪あがきとばかりにガレオは言い放ち、ゼルとマリエラはぎくりとした顔になった。その表情に気をよくしたように、ガレオが二の句を継《つ》ごうとしたが、

「知ってるよ。今までしてきたことを償《つぐな》いながら、頑張って生きていこうとしてるふたり、だろーが」

　アスタが大剣を突きつけたことによって、ガレオは顔を青くしながら押し黙った。

「本人たちがそういうつもりなんだから、昔にしてきたことなんて関係ねーし、知らねーし、

聞きたくもねーんだよ。なんもしてねえやつが、人の一生懸命を邪魔するんじゃねえ」

「………！」

ガレオは今度こそ観念したように首をうなだれて、ゼルは所在なげに首を掻いた。

「……本当に君には、返しきれないくらいの借りができちゃったね」

そんな台詞《セリフ》に、アスタは少しだけ誇らしげに笑うと、

「だから、オレたちは魔法騎士団なんだから、べつにそんなん気にしなくったっていいんだよ！　ですよね、フィンラルセンパイ！」

「いや、えーっと……」

元気いっぱいに同意を求められて、フィンラルは曖昧《あいまい》な返答をする。

むしろ魔法騎士団としては、彼らの素性をはっきりさせておくに越したことはないが、

「確かにオレ、アホのくせに考えすぎてました！　へへっ、最初っからこうしてればよかったんすよね⁉」

「……うん、まあ、そうだね」

……アスタにキラキラした目で見られたら、そう答えるしかできないわけで。

それにそのあたりのヤミの指示は、実はだいぶふわっとしたものだった。ゼルが今後危険因子になりそうだったら、拘束して身分を追及しろ。そうでなければ、まあ適当に対応しろ。

要はケースバイケース。フィンラルは判断を一任されたと考えていいだろう。

マリエラという少女はわからないが、このゼルという男が危険因子になるとは、フィンラルには思えなかった。後者の指示をとって問題ない……と、思うんだけどな、たぶん。

「とりあえず、ここから出ようか……あ、アンタはきっちり、騎士団本部で話を聞かせてもらうからね」

ガレオに向けてニヤリと笑いかけてから、フィンラルは空間魔法を発動した。

「あ、騎士団本部？　こちら『黒の暴牛』のヤミだ。なんか不穏分子っぽいやつら大量に捕まえたから、すぐ引きとりに来てくんない？」

適当な切株に腰かけつつ、ヤミは通信用の魔導具《まどうぐ》に向けてそう告げ、眼下の光景を見た。

捕《とら》えた隊員たちの総数は、およそ六十名。彼らはバネッサの糸魔法によって簀巻きにされ、アジトの前に転がされていた。

「なあ、ラック！　けっこうあっさりいっちまったけどよ、こんだけの数捕まえたんだから、下手すりゃ星十個くらいいっちゃうんじゃねっ⁉」

「だねだね！　そしたら、もっと強いヤツと戦える任務を任されちゃうかもねーっ！」

「……この数の魔道士に狙《ねら》われるとか、マジで何者だったんですかね、あのファンゼルって野郎」

はしゃぎながら隊員たちを監視するマグナとラック。彼らの姿を横目に、ゴーシュはヤミの横に座った。

「……ファンゼル？　あいつの名前って、ゼルじゃねーの？」

「いや、本名はファンゼルっていうらしいっすよ。グレイが聞き出したっつってました」

バネッサに簀巻きにされる直前、空間魔法を使って逃げ出した中年の男――たしか、ガレオとかいったはずだ――が、ゼルのことをファンゼルと呼んでいたらしい。もっとも、どうでもいい情報だと判断したのか、グレイはヤミに報告していなかったようだが。

「ふーん。ファンゼルねえ……。ファンゼル……ああ」

フーッ、と、紫煙を吐き出しながら、ヤミは実にこともなげに、

「思い出したわ、あいつ。そーだ。ファンゼル・クルーガーだ」

「……え、団長、知ってたんすか？」

「ああ。ダイヤモンド王国で、侵略軍の指揮官とかやってたやつだ。すげー昔に、戦争で会ったことあったわ」

「…………は？」

それからしばらく、二人の間には、謎の沈黙が横たわった。

「……ここ数年は兵士の教育に回ったって聞いてたけど、そっからぜんぜん噂《うわさ》が流れてこねえと思ったら、そっか。こっちに亡命してたんだな。だからこんな人数に詰められてたのか」

「すげー他人事《ひとごと》みたいに言いますけど……え、じゃあオレたち、敵方の大物だったやつを逃がすために、力を貸しちまったってことすか？」

「そうなるな」

再び訪れた沈黙の間を、マグナとラックのキャッキャという声が通り抜けていく。

「……おい、ゴーシュ」

「……なんすか」

短くなったタバコをもみ消しながら、ヤミは極めていつもどおりの口調で、

「このこと誰にも言うなよ」


——これは、数日後の話になるのだが。

なぜかアジトに向けて攻撃してきたダイヤモンド王国の諜報員を一斉検挙した功績が称《たた》えられて、『黒の暴牛』には星十個が授与されるという話が持ちあがった。

しかしそれと時を同じくして、ダイヤモンド王国の重鎮《じゅうちん》・ファンゼル・クルーガーが、クローバー王国に亡命して雲隠れしているという事実が、諜報員らの証言から判明。

その足どりは杳《よう》としてつかめなかったものの、現場の状況から、『黒の暴牛』がなにかしらの関連を持っているのではないかという嫌疑《けんぎ》も、同時に持ちあがった。

団長のヤミはこれに対して、『いや、知らねーからそんなやつ。会ったこともねえから、あーウゼえ。そんなんでウダウダ言われるくらいだったら、星なんていらねえよべつに。マジ濡《ぬ》れ衣《ぎぬ》だわー』と、関与の全面否定と、星の授与《じゅよ》の辞退を表明。

それによって真相はうやむやになったが、ともかく。

『黒の暴牛』の評判は、また一段階悪くなった。


ちなみにその時、魔法帝だけは含み笑いしていて、ヤミが『……どこまでなにを知ってんだよ、あのダンナ』なんて言いながらげんなりしていたのだが、それはまた別の話。


「……本当に私たちは、このまま行ってもいいの？」

ガレオを騎士団本部に預けた一同は、城下町の出入り口へとやってきていた。

アスタたちがガレオの魔法に飲みこまれた後、ドミナが素早《すばや》く身支度《みじたく》を終えて、すぐにでも出発できるように準備を進めていたのだ。

「このまま私たちが消えると、君たちの迷惑になっちゃうような気がするんだけど……」

とはいえ、まだそんな心残りを抱《かか》えているらしく、ゼルは出発を躊躇《ちゅうちょ》している様子だ。

「だから、変なことで遠慮してんじゃねーよ！　ヤミ団長だってそのへんのことはとやかく言ってなかったんだから、いいんだよ！　ねえ、フィンラルセンパイ⁉」

「う……うん」

よくない気がする！　なんかすごくよくないことになる気がする！　なんてことを思いながら、フィンラルはどえらい汗をかいていた。

いや、百歩譲ってゼルとドミナはいいかもしれない。

しかし……。

「それにアンタこそ、本当にいいのかよ？　そんな性格悪いやつを引きとるなんてさ」

「……べつに、好きで性格悪くなったんじゃ、ないです」

ゼルとドミナの間には、なぜかちょこんとマリエラがいて、ちゃっかりとふたりについていくことになるらしいのだ。

聞いたところによると、彼女はガレオと同様、アジトを襲撃してきた集団の一員らしい。

というか、なんなら黒幕といっても過言ではない。普通に考えれば、まっさきに捕えておかなくてはならない存在なのだが……、

「性格悪くても私の教え子に変わりはない。不当な扱いを受けそうになっているのなら、見すごすことなんてできないよ」

そんなことは、死ぬほど言いだしづれえ雰囲気なわけで。

……とはいえ、マリエラに情状酌量《じょうじょうしゃくりょう》の余地《よち》があるのは本当だ。これも先ほど聞いた話だが、彼女はガレオに利用されていたような立ち位置であったらしい。良識あるものの裁量にかけられれば、比較的軽い罪ですむのではないかと思う。

もちろん、だからといって見すごしていい理由にはならないが、きちんと自分に判断を任されたわけでもない。イレギュラーのひとつとして目をつむるというのも、ひとつの処理のしかたなのかもしれない。

自分だって『黒の暴牛』の一員なのだ。今回くらいは開き直って、その悪名《あくみょう》にあやかることにしよう。

「それに、何度かあたしを誘拐するっていう話も持ちあがってたみたいだけど、さりげなくこの子がストップをかけてくれてたみたいだしね。ふへへ、ゼルとこうやって再会できたのも、考えようによってはこの子のおかげなのよ」

フィンラルの決意を知ってか知らずか、ドミナはマリエラの頭をくしゃくしゃと撫《な》でながら言う。アスタは苦笑気味にその光景を見ながら、

「人がいいっつーかなんつーか……まあでも、ドミナさんまでそう言うならしかたねえか。ですよね、フィンラルセンパイ？」

「……あ、あの、アスタくん。さっきからオレの判断を仰《あお》ぐタイミングが、絶妙に最悪なんだけど、ひょっとして狙ってやってる？」

「……本当に、皆さんチョロすぎですよ。だから簡単にわたしに騙《だま》されるんです」

はあーあ、と、首を振りながら憎《にく》まれ口を叩くマリエラ。フィンラルはわりと本気で殺意が湧いた。

「そもそもこんなことしてくれだなんて、頼んでません。あなたたちみたいなチョロい人の手を借りなくたって……」

「自分ひとりの力で生きていける。今までもそうしてきたみたいに……かしら？」

この句をさらって言ったのはノエルで、今度はマリエラがムッとした顔になった。

「そうやって全部自分ひとりで抱えこむのって、実は意外と楽よね。自分ひとりが我慢すればいいって割りきれるし、周りの人のことは考えずにすむから、それ以上なにも考えずにすむし」

ツインテールの位置を直しながら、ものすごく上から口調で、ノエルは続けた。

「でも、それもう無理よ。あなたを大事に思っている人ができたら、なにをするにもあなたひとりの問題じゃなくなるの。その人たちのことも含めて考えなくちゃいけないの。思考停止している暇なんてないから、せいぜい苦しむといいわ」

「……アナタも相当、性格悪そうですね」

「べつに、いいと思われたいなんて思ってないもの」

だからノエルは、教えてあげない。

それが意外に心地よいことだなんて、マリエラには教えてあげないのだ。

マリエラは少し前のノエルに似ている。『黒の暴牛』に入る以前は、きっとノエルも彼女のように擦《す》れた目をしていたと思う。

そんな自分が心境の変化を受け入れられるようになったのは、わりと最近なのだ。ノエルだってそう思えるまでには相応の苦労をしたのだから、彼女にだってそれなりに苦しんでもらわないと、割に合わないような気がした。

それに自分で気づくからこそ、その考え方に価値が宿るのだと、ノエルは思う。

「……さて、グダグダしてると別れが……うう、グスッ」

「辛くなっちゃってんじゃねえよ……」

目じりを拭うおっさんの背中を撫でてやろうと思ったが、すでにドミナがそうしてくれていて、アスタは苦笑いした。

「……行けよ、おっさん」

そのまま泣き崩れる勢いのゼルに、今度はアスタから拳を差し出す。

「なにかを成し遂げようとする人間と、そうじゃない人間は、時間の流れが違うんだろ？　とっとと行って、ドミナさんを幸せにしてあげろよ」

「……うん。そうだね」

ゼルは目をぐしぐしと拭ってから、アスタの拳に自分のそれを合わせた。

「ありがとう、アスタ。君が私に貸してくれた貴重な時間は、決してむだにはしないよ」

アスタから拳を離したゼルは、ノエルとフィンラルにも視線を配って、

「でも、君たちに力や時間を借りるのも、これで最後だ。これからはこのふたりと力を合わせて、一生懸命生きていくことにするよ」

「おう……元気でなっ!!」

城下町一帯《いったい》に届くような、元気いっぱいの大きな声が、夕日の中に響きわたる。

アスタの精一杯に見送られるようにして、人騒がせな三人は、この町から去っていった。

「……あいつら、ファンゼルを連れて戻ってきますかね？」

「……さあな。来ないんじゃね？　べつにそのへん、細かく指示してねえし……思いっきり『自分の正しいと思ったほうに動け』とか言っちゃったし」

——簀巻きにされた刺客たちが、騎士団本部の団員に連行されていく中。

その光景を死んだ目で眺めつつ、ゴーシュとヤミは、そんな益体《やくたい》のない会話のラリーに時間を費《つい》やしていた。

ちなみにほかの団員たちは、アジトの修復作業にとりかかっている。

といっても、アジトの破壊はルーティンになっているので、その復興作業も手慣れたものだ。二、三日が経《た》つころには、すっかりもとどおりになっていることだろう。

「ま、いいんじゃねえの？　離反したとはいえ、敵国の士官クラスのやつに貸し作っとくのも、考えようによっちゃあ、面白《おもしれ》ーし」

「……そーなんすかねえ」

それによって生じる問題のほうがでかいと思うけど。

なんてゴーシュは思ったものの、口には出さなかった。その問題すらも含めて『面白いこと』として認識してしまうのが、我らが団長なのだ。

なんとも迷惑な感性だとは思うが、それがなくては『黒の暴牛』は成立しない。

こんな問題児ばかりを集めて、騎士団として機能させようだなんて、まともな神経の持ち主には思いつかないのだ。

今回の件だって知らず知らずのうちに、彼の『面白い』と思う方向に転がされていたのかもしれないし、これからもそういうことは山のようにあるだろう。

そんな男に舵《かじ》とりを任せているのが『黒の暴牛』という組織で、その一員である以上、自分たちはそれに従っていくしかないのだ。

もっとも、そうすることで嫌な気分になることは、不思議と少ないのだが。

「……で、団長。本当はいつから、あいつがファンゼル・クルーガーだって、気づいてたんスか？」

「……さあな」

ヤミの吐き出した紫煙が、朱《あけ》に染まる空へと昇って、消えていった。

「……自分で行かしといてなんだけど、なんか本当、行くときはいつもあっさりなんだよなあ。あのおっさん」

夕日の中へと溶《と》けこんでいく三人を見送りながら、アスタは長いため息を吐《つ》いた。

もっとも、不思議と寂しさは感じていない。

先ほどゼルを慰《なぐさ》めるドミナを見たときにも思った。ゼルの横にいるという役割は、もう彼女のものなのだ。少しだけ悔しかったが、それが彼の望んだ形なのだから、喜ばしいこととして受け入れるべきなのだと思う。

そして、それはアスタにも言えることだ。

「……さ、寂しいんだったら……その、甘いものとか、つき合ってあげても、いいわよ。ちょうどそういうのが食べたい気分なだけだから、べつにアナタと一緒じゃなくてもいいけど」

「あ、ノエルちゃん、それオレも行っていい？　なんかすげー疲れたから、今めっちゃ甘いものが食べた……」

「アナタはドアノブでも舐めてるといいわ」

「アナタはドアノブでも舐めてるといいわっ!?」

今のアスタには、ノエルが、フィンラルが――『黒の暴牛』のみんなが、いる。

ひとりではできないことだって、みんなで力を合わせれば、できることに変えていける。

それでもどうにもならないときには、今回のようにひとりひとりが限界を超えて、お互いを補う範囲を大きくしていけばいい。

そうして、みんなと一緒に成長していくことができたら、アスタは嬉しく思う。

「……なにひとりでニヤニヤしてるのよ、気持ち悪い」

考えていたことが顔に出てしまったらしく、ノエルがちらちらと、こちらを見ながら言ってきた。

ニヤニヤしていたつもりはない。けれど、皆のことを思い浮かべるとき、自分はそういう表情になっているのだとわかって、改めて実感した。

やはりあそこは――『黒の暴牛』は、自分の大切な場所なのだと。

「なんでもねえよ！　それより、早く帰ろーぜ！」

温かな思いを胸に、アスタは一歩、大きく踏み出した。

騒がしくて、落ち着きがなくて、痛い思いもするし、怖い人がいっぱいいるけど。

それでも、とても優しい気持ちになれる場所。

最近になって新しくできた、自分の居場所へと向けて――。


「あ、あの、アスタ……」

「うおっ⁉」

自分ひとりの思いに浸《ひた》っていたら、背後から力ない声で名を呼ばれた。

「……えーっと、その、非常に言いづらいんだけど」

ゼルだった。

「私ってほら、アジトに連行される前に、刺客に身ぐるみ剝がされてたじゃない？　そのどさくさで、財布落としちゃったみたいでさ……」

なんていう前置きをしてから、静かに掌《てのひら》を差し出して、

「……旅費、いくらか貸してくれない？」

「…………」

「…………」

優しい気持ちから一転したアスタは、大きく息を吸いこんで、

「助けるんじゃなかったああああアアアァァァァッ!!」

初対面で感じた気持ちが、今度は力いっぱい、お腹《なか》の底から声に出てしまった。

「頼むよっ!!　貸してよ！　ここまできたらもう、お金くらい貸してよ!!」

「開き直り方ハンパねえなッ!?　借りるのは最後って、さっき言ったろうが!!」

「いや、それは時間と力の話だから！　お金を借りないとはひとことも言ってないから！」

「フィンラルセンパイ、そっち側から押さえててください！　ダメだこのおっさん、やっぱり一発ぶん殴っとかねえと、ダメな大人に育っちまう!!」

「いや、お金貸すからさ、ゼルさん！　逃亡先の住所とか教えてよ！　なんかこう、オレが責任を負わされるようななにかがあった時のために、一応！」

「ちょ、ちょっと、私を無視しないでよ！　甘いものを食べにいく話はどうなったの⁉」

「あ！　ほら、あるじゃん！　甘いもの食べにいくお金はあるんじゃん！　それ貸してよ！」

「プライドゼロか！　子どもがおやつを食べにいく金にまでたかってんじゃねえよ‼」

「プライドは自分のためにしか使えない！　それを引き換えに得られるなにかがあるのなら、迷わず捨てるべきだ！　それが人生だ！」

「うるせええええええエエエェェェェッ‼」

城下町一帯に届くような、悲壮感いっぱいの叫び声が、夕日の中に響きわたった。

■初出
ブラッククローバー　暴牛の書
書き下ろし

[ブラッククローバー　暴牛の書]

2016年8月 9日　第1刷発行
2019年7月14日　第4刷発行

著　者／田畠裕基●ジョニー音田

装　丁／岩井美沙〔バナナグローブスタジオ〕能勢陽子〔バナナグローブスタジオ〕

担当編集／渡辺周平

編集協力／北奈櫻子

編集人／千葉佳余

発行者／鈴木晴彦

発行所／株式会社　集英社
〒101-8050　東京都千代田区一ツ橋2丁目5番10号
電話　編集部／03（3230）6297
読者係／03（3230）6080
販売部／03（3230）6393《書店専用》
印刷所／中央精版印刷株式会社

Printed In Japan　ISBN978-4-08-703400-4 C0093

検印廃止

ンタジー!!
どっちが魔《ま》法《ほう》帝《てい》になるか
BLACK CLOVER
田《た》畠《ばた》裕《ゆう》基《き》
yūki tabata
発《はつ》売《ばい》中《ちゅう》!!

夢《ゆめ》見《み》る想《おも》いが力《ちから》に変《か》わる——
大《たい》ヒット魔《ま》法《ほう》ファ
勝負《しょうぶ》だ———!!!
1〜13巻《かん》（以《い》下《か》続《ぞく》刊《かん》）
絶《ぜっ》賛《さん》